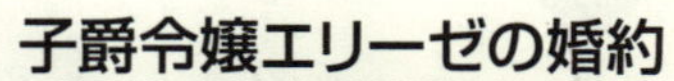

子爵令嬢エリーゼの婚約

～幼馴染で婚約者の英雄様に捨てられたので商人になります～

唐澤和希

ポプラ文庫ピュアフル

もくじ

プロローグ　006
第一章　019
第二章　067

第三章 ── 124

第四章 ── 172

エピローグ ── 235

子爵令嬢エリーゼの婚約

The Engagement of Elise, Viscountess Elise

~幼馴染で**婚約者**の**英雄様**に**捨てられた**ので**商人**になります~

Kazuki Karasawa

唐澤和希

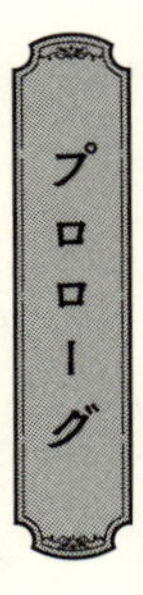

プロローグ

「それで婚約についてなのですけれど、破棄してほしくて」

薔薇が似合いそうな華やかな美女が、余裕たっぷりの笑みを浮かべてそう言った。

気の強そうな青い瞳に太陽のように輝く金髪。身に纏うはその金髪に映える赤いドレス。見ただけで高価なものだと分かる装飾品をセンス良く身につけて、洗練された美しさを醸し出すこの女性は、なんとこのアステリア王国の王女だ。名をヴィクトリアという。歳は十八歳ほどと聞いたことがあるが、自信に満ちあふれたその振る舞い故か、大人っぽく映る。

王女という立場でありながら、自ら騎士として戦争に身を投じた勇ましい姫騎士。国民の憧れだ。

その王女が、何故か辺鄙な地に屋敷を構えるコーンエリス子爵邸を訪れている。

父から爵位を継ぎ、若くしてコーンエリス子爵となった兄コンベルとともに、子爵令嬢のエリーゼ＝コーンエリスは、王女の訪れを応接間で迎え入れていた。

そして、突然の婚約破棄。

「……こ、婚約破棄、ですか……？」

エリーゼは戸惑いながら言葉を繰り返すと、兄のコンベルに目を向けた。

「お、お兄様、王女様と婚約していたのですか……!?」

　エリーゼがそう言うと、いつも冷静沈着な眼鏡の兄にしては珍しく、焦った様子で首を振った。

「王女様と婚約なんてするわけがないだろう。接点が全くないし、身分も不釣り合いだ」

「それはそうですよね……」

　兄と王女が婚約なんて身分的にもあるはずがないわけで。

　エリーゼは王女に改めて目を向ける。先ほどからずっと気になっていたが、王女のエリーゼを見る目が、あまりにも鋭いのだ。

　王女は戸惑うエリーゼの心を見透かすように、まっすぐ目を見つめながら口を開いた。

「コーンエリス子爵とのことではありません。エリーゼ嬢、あなたの婚約について言っているのです」

「私の、婚約……？」

　エリーゼは目を瞬かせる。

「そうです。あなたとアルベルト将軍との婚約を破棄してほしいのです」

　アルベルト将軍。そう言われて、エリーゼは一瞬誰の話だろうと目を丸くした。その『将軍』というたいそうな肩書きを持つアルベルトなるものが、エリーゼの婚約者で幼馴染の『アル』なのだと遅れて気づく。

　アルベルトはエリーゼの幼馴染で、婚約者。

八年ほど前、隣国のデルエル帝国がアステリア王国に侵攻したのをきっかけに、騎士の一人として戦場に向かい、その武功で将軍へと成り上がっていた。

「えっと……どうして、アルとの……？」

困惑するエリーゼに、王女はため息をついた。もの言いたげなため息からは、『物分かりが悪いわね』といったニュアンスの侮蔑が込められている気がした。

口にするのも億劫そうな王女に代わって、彼女の座っている長椅子の斜め後ろに立っていた執事姿の男が、一礼してから口を開く。

「失礼、私は王女付きの執事のセバスと申します」

三十歳ほどの男が、少し鼻にかかったような声でそう名乗る。黒髪を後ろに撫でつけて、甘い笑みを浮かべていた。

「恐れながらエリーゼ嬢、どうして、などと。それなりに道理をお分かりであるならば、理由など自ずと見えてきましょう。アルベルト将軍は、此度の戦の大英雄様でいらっしゃいます。戦争を勝利に導いたお方なのですよ。そのようなお方のお相手が……」

そう言って、セバスはコーンエリス子爵邸の応接間をジロリと一通り眺めてから、視線をエリーゼに戻す。

「こんな田舎の子爵家の方では、不釣り合い、ということです」

小馬鹿にするように笑いながら、セバスはそう言い切った。

怒りか恥ずかしさか分からない感情で、エリーゼの顔は思わずカーッと赤くなる。

アルベルトが、戦で活躍しているということは知っていた。

それは直接アルベルトから手紙などで聞いたわけではなく、こんな田舎の地にまで届くぐらいに彼が活躍したからだ。

常勝無敗の奇跡、一騎当千の戦士、勝利の戦神。

アルベルトを指す二つ名は、戦うごとに増えていく。

彼の活躍を聞くたびに、普段のただただ優しい彼を知っているからこそ、信じられない思いが湧き上がる。でも、嬉しくないわけではなかった。いや、嬉しいというよりもホッとしていた。それらの知らせは、彼が生きているということの証左だったから。

「ですので、大人しく婚約破棄をしてくださるかしら？」

何でもないように、王女がセバスの後に続けてそう言った。

エリーゼは拳をギュッと握り込む。おどおどとしてしまいそうになるのを堪えて、王女に負けない思いでまっすぐ見つめた。

「そんなことできません。第一、アルが許すわけがないです。戦が終わったら、結婚するって約束したのですから」

「あら、婚約破棄については、アルベルト将軍の許可は得ていますわ」

思ってもみなかった言葉。エリーゼが「え……？」と戸惑う間に、王女は片手をあげた。

するとセバスが一枚の折り畳まれた紙を取り出して王女に渡す。

王女はその紙を開くと、テーブルに置いた。

その紙は、婚約破棄に関する承諾書。

エリーゼがその書面を目で追うと、最後にサインがあった。アルベルト＝アルバスノットという彼の名が記されている。筆跡も、彼のものに似ている。

つまりは、この書類上だけで見れば、婚約破棄をアルベルト自身も承知の上だということだ。

エリーゼは顔をあげる。

アルベルトとの思い出を一つ一つ心の中で数えてから、エリーゼは顔をあげる。

アルベルトが婚約破棄を言い出すなんて、そんなのあり得ない。

エリーゼは一瞬怯みそうになって、でもどうにか堪えた。

「……こんなの、信じません」

エリーゼがそう言うと、王女は不快そうに眉根を寄せた。

そしてセバスが呆れたように額に指を置くと、頭を横に振りながら口を開く。

「おやおやおや、なんともはや。もの分かりの悪い方のようですねえ。そういえばアルベルト将軍も、エリーはわがままだからそう簡単には応じないかもしれない、なんて言っておられましたよ」

セバスの口から漏れた『エリー』という言葉に、エリーゼの心臓は嫌な音を立てた。

アルベルトはいつも、エリーゼのことを『エリー』と愛称で呼んでいた。

わがままだから応じないなどと、アルベルトは本当にそんなことを言ったのだろうか。

（ううん、アルが、そんなこと言うわけない。エリーゼといったらエリーが愛称になるな

んて当たり前の話だし、嘘を言っているのよ）

　エリーゼは浮かんだ疑惑を潰す。

　それを見て取ったのか、王女はまた口を開いた。

「そういえば先ほど、あちらの森にあるブルーベルの群生地に寄ってきたのよ。彼が、つまらない田舎だけどあの花畑だけはマシだったと言ってらしたから」

　王女の言葉にまたエリーゼの顔は強張った。

　コカの森にあるブルーベルの群生地は、アルベルトとエリーゼの秘密の場所。

　春、ブルーベルの青紫の小さな花が咲き誇る時季は、二人でほとんど毎日のようにその花畑に出かけた。兄だって、父だって、屋敷にいる誰も知らない場所。そのはずで……。

「どう、して……ブルーベルの花畑のことを、知って……」

　気づけば、自分でも気づかぬうちにそんな弱々しい言葉が漏れていた。

　王女の言った言葉が、あまりにも信じられなかったのだ。

　エリーゼが弱ったと見たからか、王女は口角をあげた。

「だから言ったでしょう？　彼から聞いたのよ」

　王女の勝ち誇った顔を前にして、エリーゼはカッとなって口を開く。

「な、何かの間違いです。アルが、言うはずない……だって……！　二人だけの秘密の場所だって、アルがそう言って……」

　そう訴える声が震えた。

口ではそう言っていても、実際王女は二人だけの秘密の場所を知っている。それはどういうことかといえば、アルベルトが話したからだろう。それ以外あり得ないのだ。

そんなエリーゼを見て、くくくとおかしそうに笑う声はセバスのもの。

「おやおやおや、二人だけの秘密の場所？　なんとも可愛らしいことをおっしゃる。もしかして、その秘密の花園でブルーベルの指輪をもらったという話も、お二人の秘密だったのでしょうか？」

笑いを堪えきれないとでも言いたげに、セバスがそう言った。

セバスの話を聞きながら、エリーゼは全身が凍りついたかのように身動きが取れなくなった。

ブルーベルの指輪をもらったあの日のことは、エリーゼにとって特別な思い出。

アルベルトが戦に出て、すでに八年。寂しい思いも、心細い思いもいくらでもした。でも待っていられたのは、あの日のアルベルトとの思い出があったからだ。あの日に感じた幸せを大事に大事に胸の中に抱えてきたから。

アルベルトにとっても、きっとそうなのだろうと、疑いもせずに。

（アルは、その話まで、他の人にしてしまったの？）

呆然としたまま、王女を見た。

余裕の表情で、エリーゼを見下ろしている王女は、恐ろしいほどに美しく、若かった。

アルベルトを待っている間に、エリーゼは二十三歳になっていた。貴族の社交界では立派ないき遅れと言われる年齢だ。

一方、王女の若さのまぶしいこと。それもそのはず、まだ十八歳だ。とはいえしっかり身体は成熟しており、身体の線はエリーゼよりも女性らしいラインを描いている。

魅力的な人だと、女性のエリーゼすらそう思った。加えて、地位も名誉もある。男爵家の三男であるアルベルトが、王女の夫になるとなれば前代未聞の大出世と言えるだろう。

エリーゼは、今自分が踏みしめていた地面がいきなりもろく崩れていくような感覚に囚われて、必死になってアルベルトとの思い出を探した。

悲しい時、辛い時、いつも側にいてくれた優しいアルベルト。

昔から身体が丈夫で頭も良くてなんでもできた。剣を持てば大人相手だって負けなしで、でもその強さに驕ることなく努力を続けられる真摯さがあった。

でも完璧というわけではなく、抜けているところもあって、ぼーっとしたりすることもあるし、犬の糞をふんだりしたこともあるし、誰かにひどい言葉を言われてもやり返したりできなくて、その優しさがエリーゼには少し不満で、でも何を言われても何をされても、別に大したことないとゆったり構えられるアルベルトを尊敬もしていて、けれどもそんなアルベルトはエリーゼの悪口については一つも容赦しなくて……。

アルベルトはすごい人だけど、エリーゼはアルベルトのすごいところ以外の部分だって愛しかった。

かつての思い出が、冷たくなったエリーゼの身体に再び熱をともす。

「アルはどこに？　アルの口から直接聞くまでは、納得できません。アルはこんな大事な話を人任せにするような人ではありません」

エリーゼがそう言うと王女は鬱陶（うっとう）しそうに片眉をあげてから口を開く。

「アルベルト様の気持ちも分かって差し上げて。アルベルト様はとてもお優しい方。あなたに直接、もう気持ちがないなんてひどいこと言えるわけがないでしょう？　だからこうして、わたくしが参ったのです」

「……アルは優しいけれど、そんな意気地なしではありません」

頑なに訴えるエリーゼに、王女が重いため息をついた。

「本当に、アルベルト将軍の言う通り、頭の固い方なのね。けれど、ようく考えてみて？　わたくしはね、彼が戦地で辛い思いを抱えて戦っている間、ずっと一緒にいたの」

王女の言葉に、ハッと顔をあげた。あげてしまった。

「エリーゼ嬢？　私がお仕えするヴィクトリア王女殿下が、戦争に随行されたことはご存じでしょうか？」

鼻にかかった声ともったいぶった口調でセバスがそう尋ねてきた。

もちろん、知っている。有名な話だ。

薔薇の王女、国のために戦地へ。そういう見出しの新聞を何度も見た。

王女は言わば、戦の広告塔のような存在。王女様が戦うのに、俺達が戦わないわけにはいかないと、国の若者達の多くが戦へ向かう決意をした。

「国の存続に関わる大きな戦、王族であるわたくしも誇りを持って戦いました。側にはいつもアルベルト将軍。幾度となく彼とともに戦場を駆け抜けました。傷ついた彼の身体の傷の治療だって何度も。お互いがお互いを守り合い、いつ死ぬかもしれない恐怖の中、側にいて支え続けていたのです」

王女の言葉に、ギュッと心臓を握りしめられたかのような痛みが走る。

自分のいない間に、アルベルトが誰かと心を通わせていた。想像したくない。想像したくないのに……。

セバスがバッと腕を広げた。大仰な動作で、夢見心地な顔で、口を開く。

「国を憂える美しき王女。そして国を守りし英雄閣下！　そんな若く麗しい男女が側にいれば、特別な感情が芽吹く……当然のこととは思いませんかぁ？」

実に楽しそうなセバスの言葉を聞きながら、エリーゼは確かにと思ってしまう。

幼い頃のエリーゼが辛くて悲しい時、アルベルトはいつも側にいてくれた。

それなのにアルベルトが戦争で辛い思いをしている時、エリーゼは側にいられなかった。

代わりに側にいてくれたのは、目の前の王女。魅力的な女性。

「エリーゼ嬢、人というのは心変わりするものです。あまり責めないで差し上げてね」

王女が小さな子供に優しく言い聞かせるようにそう言った。

心変わり。確かにそうだ。人は変わる。エリーゼだって、八年前と同じかと問われれば全てが同じというわけではない。

アルベルトもそうだろう。そもそも、エリーゼの知っている、虫一匹殺すことですら躊躇するようなアルベルトが、戦で活躍すること自体信じられないことだ。

「アルベルト将軍が戦で疲弊していた時、あなたは何をしていたの？　安全な家の中で、のほほんと刺繡でも刺していらっしゃった？」

項垂れるエリーゼに追い打ちをかけるかのようにそう言うと、王女はハンカチを持ち上げた。

そしてそのハンカチの刺繡を見て、エリーゼはハッと息を吞んだ。

「それは……」

「これ、彼がいらないと言って捨てようとしていたの。でもたまにはこんな素朴なデザインも悪くないかと思って、いただいたんです」

そう自慢げに語る王女の手にあったのは、ブルーベルが刺繡されたハンカチ。

見たことがある。あれは……。

アルベルトが戦に行ってから五年ほどは手紙のやり取りがあったのに、突然パタリと連絡が来なくなった。

何かあったのだろうかと心配で手紙とブルーベルを刺繡したハンカチを贈った。それでもアルベルトからの返事は来なかったので、いよいよ何かあったのかもしれないと覚悟を決めた頃、アルが若くして将軍職に上り詰めたという知らせが国から届いた。アルの無事に涙を流して安堵した。きっと忙しくて手紙の返事をする余裕がないのだと、そう思って……。

王女が持っているハンカチは、その時、アルに贈ったはずのハンカチだ。間違いない。自分でデザインをして刺した。間違うわけがなかった。

「つまり王女様、あなたが仰せになりたいのは、アルベルト将軍は王女様と結婚したいので、うちのエリーゼとの婚約を破棄したいと言っている、そういうことで間違いないですか？」

身動きができないエリーゼに代わって、隣に座る兄がそう言った。

改めてその事実を突きつけられたような気がして、エリーゼはさーっと血の気が引いていく。

王女は鷹揚（おうよう）に頷いた。

「おっしゃる通りです。エリーゼ嬢、お分かりいただけましたでしょうか」

なにも分からない。身体が理解するのを拒否していて、エリーゼは王女が持っているハンカチから目が離せない。

アルベルトが戦争に行っている間、彼の負傷を心配して、生きて帰ってきてくれたらそれだけでいいとそう願っていた。

アルベルトがエリーゼ以外の人に心を寄せて、エリーゼとの婚約を破棄したいと思うなんて、考えてもいなかった。

「あ、そうそう、そうでした！」

妙に明るい声でそう言ったのはセバス。先ほどからずっと彼は楽しげだ。笑顔のまま話を続ける。

「アルベルト将軍がこちらのハンカチを王女殿下にお譲りされた際に、こうも言っておりましたよ?」

エリーゼの思い出の中の優しいアルベルトが砕け散って、まだ見たことのない『将軍のアルベルト』が顔を出す。

「自分が大変な時に呑気に刺繍している婚約者の愚かさが腹立たしい、と」

セバスの言葉は、エリーゼの頭の中で作られた『将軍のアルベルト』の口からそのまま告げられ、もう何も言えなくなってしまった。

第一章

アルベルトと初めて出会ったのは、エリーゼが五歳の時。

四つ上の兄、コンベルのために、アルベルトの父であるアルバスノット男爵を剣術指南役として招いたことがきっかけだった。

「は、はじめまして。ア、アルベルト、です」

身体のほとんどを自身の父親であるアルバスノット男爵の後ろに隠しながら、たどたどしくアルベルトは名乗った。琥珀色の癖のある髪に、長いまつげ。エリーゼよりわずかに背も小さく、可愛らしい人形のような男の子。

「挨拶ぐらいちゃんとせんか。まったく……」

とアルバスノット男爵が、息子の挨拶に苦言をこぼしてから、エリーゼの父であるコーンエリス子爵に頭を下げる。

「申し訳ありません。この子は、上の二人の兄と違ってどうも気が小さくて。歳の近い子と遊んだら少しはこの引っ込み思案が直るんじゃないかと思って連れてきてみたんですがね」

と、男爵が困ったように言う。

「ほう。しかしうちのエリーゼの話し相手にちょうどいい。うちの娘は、コンベルが剣術の稽古を始めると言ったら、兄と遊べなくなると駄々をこねてしまって」

　父がそのようなことを言うものだから、エリーゼは顔を赤くして目を尖らせる。

「べ、別に駄々なんてこねてないわ！　ちょっと寂しいって言っただけ！」

　まるでわがままな子供扱いをされて、たまらずエリーゼは声をあげた。

「分かった分かった。ほら、エリーゼ、アルベルト君に挨拶をなさい。立派なレディならできるだろう？」

　何を言っても子供扱いをしてくる父に物申したい気持ちはあったが、エリーゼはぐっと堪えてアルベルトの方に向き直る。

「私はエリーゼ＝コーンエリスよ。このあたりのことだったら、なんでも知っているから気軽に聞いて。よろしくね」

　アルベルトのその見た目からてっきり年下なのだと勘違いしたエリーゼは、お姉さん風を吹かして手を差し出す。

　驚いたように目を見開いたアルベルトが、エリーゼをじっと見た。綺麗な深い青の瞳がきらきらと瞬いている。あまりにも美しくて、エリーゼは目が離せない。しばらくすると、アルベルトはおずおずと前に出て、エリーゼの手を握り返した。

「よ、よろしく……お願いします」

　顔を赤くしながらアルベルトはそう言葉を返す。

　それを見た男爵は目を見開いた。

「おお、これは驚いた。アルベルトが初対面で握手するなんて……初めてだ」

男爵のその言葉を聞いたエリーゼは、何とも言えない優越感を抱いた。

まるで誰にもなつかない野生の獣を手なずけたような、そんな感覚。

エリーゼはこの時、この可愛い獣を弟だと思ってこれから先ずっと守ってあげようと思った。

そして幼い時に抱いたその思いは、アルベルトを知るごとに変化していく。

その変化のきっかけが何だったのかは分からない。アルベルトがエリーゼをかばって毒蛇に嚙まれた時かもしれないし、エリーゼが作ったへたくそな料理をおいしいと言って何度もお代わりしてくれた時かもしれない。エリーゼがちょっと怪我をするだけでこの世の終わりのような顔で心配してくれたからかもしれないし、エリーゼが風邪を引くたびに貴重な薬草を一人で摘んできてくれたからかもしれない。

何がきっかけというわけではなく、きっとそれら全ての積み重ねのおかげなのか、十三歳になったエリーゼの中で、アルベルトへの守りたいという漠然とした気持ちは恋に変わった。弟と思っていた彼は、友達という段階を経てから好きな人になった。

「泣かないで、エリー」

ある日、仕事に行ってしまった父を見送って、部屋でしくしくと泣いていたエリーゼに、アルベルトが優しくそう声をかけてくれた。

二人は十三歳。最初に出会った時は、エリーゼの方がわずかに背が高かったが、もうすっかりアルベルトに追い越されてしまっていた。

「でも、お父様、また行ってしまった……」

コーンエリス子爵であるエリーゼの父は、所領を持つ伯爵家の補佐役。伯爵家の城に勤める文官でもあった。一度、そちらの仕事に出れば数か月は会えない。それが、エリーゼにはたまらなく悲しかった。

「大丈夫だよ、僕がいる。来て。二人の秘密の場所へ行こう」

そう言って差し出してくれたアルベルトの手を、エリーゼは握り返す。

二人の秘密の場所というのは、屋敷から少し離れた小さな森の中にある、ブルーベルの花畑のことだ。春先の今なら、青紫の小さな花を鈴なりに咲かせているはず。親も、使用人も、誰も知らない。エリーゼとアルベルトの隠れ場所。

早朝の柔らかな日差しの中、大好きなアルベルトの少し汗ばんだ手に引かれて歩き出す。

目的の花畑に着いた頃には、エリーゼの涙はもうすっかり乾いていた。

アルベルトがエリーゼを元気づけようとしてくれている気持ちが嬉しい。それだけでもう満たされてしまったのだ。

「わあ……！」

予想通り綺麗な青紫の花が咲き始めているブルーベルの花畑を前にして、エリーゼは感嘆の声を漏らした。

今はまだまばらだが、近いうちにあたり一面青紫に染まるはずだ。

「エリー、こっちを向いて」

アルベルトの少しのんびりとした甘い声に応えてエリーゼは振り返る。すると、青みがかった紫の花が目の前いっぱいに広がった。ブルーベルの花束だ。

エリーゼにそれを捧げた人は、頬を赤く染めて照れくさそうな笑みを浮かべた。

「元気を出して」

地面に片膝をついて、物語に出てくる王子様のように花束をエリーゼに捧げる。

風で揺れる癖のある琥珀色の髪、少し日に焼けた肌、湖面の色を思わせる深い青色の瞳がまっすぐエリーゼを見ていた。

それがあまりにも素敵で、エリーゼが思わず言葉に詰まっていると、アルベルトは不安そうに瞳を揺らした。

「こんな、野花だけでごめん。大人になったら、百本の薔薇の花束を贈れるような男になるから」

エリーゼが呆然としていたのは、野花の花束に不満があったからだと思ったらしい。しょぼくれたようにそう言うアルベルトがあまりにも愛しくて、エリーゼは笑みを浮かべた。

花束ごと、アルベルトの頭を抱きしめた。

「もう。私が喜んでないと思ったの？　アルが贈ってくれたものは全部、私の特別大好きなものになるのよ」

顔をあげて冗談めかしてそう言えば、アルベルトの顔がほころんだ。

照れたように「エリー」と名を呼んで、鼻をかく。そして少しして意を決したようにまた口を開いた。

「今朝、旅立つ前の子爵様と少し話をしたんだ」

突然、まじめくさって言うものだからエリーゼは少し戸惑った。

「話……？」

「うん。エリーと婚約しても良いって、許可をいただけた」

その言葉にエリーゼは目を丸くさせる。

「本当に!?　お父様に……？　許可をもらえたの？」

エリーゼはとっくの昔にアルベルトへの恋心を自覚していたし、アルベルトがエリーゼを大切に思ってくれていることも、分かっていた。けれども貴族の結婚は気持ちだけで成り立つものではない。

エリーゼは子爵令嬢で、アルベルトは男爵家の三男。アステリア王国の男爵は一代貴族。そうでなくても三男であるアルベルトが爵位を継げるものではない。

エリーゼの身分では、どこかの伯爵令息やら子爵令息とかの、将来の爵位が約束されているような男性と婚約することが良いとされている。実際に、エリーゼのもとにやってくる婚約話はそんなものばかり。

父は今まで、アルベルトと一緒になることを認めてくれなかった。

「うん。というか……エリーが、婚約話を全部蹴るから、それに子爵様が参っていらっしゃったところもあって、僕だけの手柄というわけではないのだけど」

そう言って頭をかいてから、改まった様子でアルベルトがポケットから何かを取り出した。

「エリー、僕と一緒にいてくれる？　……今はこんなものしか用意できないけど」

そう言って、アルベルトはブルーベルの花を編んで作った指輪を見せた。

驚くエリーゼの手を丁寧に優しく取って、嬉しくて震えそうになる指にブルーベルの指輪をはめる。

「アル……」

感極まって、エリーゼの瞳がまた潤む。

「それで、十六歳になったら、結婚しよう」

立ち上がったアルベルトがそう言った。

もう目がにじむどころの話ではなかった。あふれた涙をこぼしてそれを隠すようにアルベルトの胸の中に顔を預けた。アルベルトがぎこちなく、優しくエリーゼを抱きしめる。

ブルーベルの花の香りと、アルベルトのぬくもりに包まれて、エリーゼは人生で今日以上に幸せな日はないのかもしれないと、そんなふうに思った。

――けれど、エリーゼとアルベルトとの間に交わしたその幸せな約束は、守られることはなかった。

結婚できる年齢である十六歳を前にして、隣国デルエル帝国との戦が始まりアルベルトは戦場へ行ってしまったのだ。

本心を言えば、戦に行くことにエリーゼは大反対だった。しかしアルベルトは思いとどまらなかった。

戦で功をあげれば爵位を得られる可能性がある。

無爵の状態で、子爵令嬢であるエリーゼを妻にすることに、引け目のようなものを感じているようだった。

エリーゼは、一緒にいられるのなら貴族でなくてもいいと何度も言った。でもアルベルトの気持ちは変わらなかった。

婚約という約束だけを残して、戦争に行ってしまった。

そしてそれから八年が経過し、エリーゼもアルベルトも二十三歳となった頃、ようやく戦が終わった。当初の予想に反して、エリーゼ達の国であるアステリア王国の勝利という結果。

戦が終わり、続々と戦士達が帰郷している。

アルベルトともうすぐ会えると、そう思っていた春の日にエリーゼは婚約破棄を突き付けられたのだ。

婚約破棄を突き付けてきた王女は、せめてものお詫びと言いながら、エリーゼに別の縁談を用意して去っていった。

伯爵家嫡男との婚姻だ。田舎の子爵家にとっては破格の縁談。

とはいえ、それでアルベルトをあきらめろと言われても、気持ちがそう簡単に消え去るわけもなく……エリーゼは今、馬車に揺られていた。

王女の話が本当なのかどうか、やはり本人の口から聞くまではどうしても納得がいかない。

アルベルトに会って直接話を聞きたい。

王女が帰ってすぐにエリーゼはアルバスノット男爵邸に向かった。戦場に行っていた王女が戻ってきているということは、アルベルトももう戻っているかもしれない。

アルベルトの家まではエリーゼの家から馬車で一時間ほど。

それほど遠い距離ではないが、特別近いわけでもない。この距離を、昔のアルベルトは易々と通ってくれていた。

そんな小さな思い出の、一つ一つを糧に心を強くする。

(王女様の権力に負けて渋々私との婚約を破棄せざるを得なかったという可能性だってある。アルベルトの気持ちを確認したら、このまま連れ去って駆け落ちすればいいわ)

アルベルトの家に着く頃にはそんな覚悟すら持って、エリーゼは屋敷のベルを鳴らす。

すると最初に使用人が出て、エリーゼだと気づくと中に案内してくれた。

アルベルトに会えると思って椅子に座って待っていたが、部屋に入ってきたのはアルベルトの母であるアルバスノット男爵夫人、セレナ＝アルバスノットだった。

「ごめんなさいね、エリーゼさん」

伏目がちにセレナはそう言って、頭を下げた。

彼女も、婚約破棄の話を聞いたのかもしれない。

「顔をあげてください。私は、あんな話、信じていません。相手は王女様ですから、きっと無理やり……だってアルに限って、心変わりなんて」

あり得ません、と続けようとしていたのだが、セレナは目を丸くさせて驚いているので、最後まで口にできなかった。

何をそんなに驚くのだろうと、ここで初めてエリーゼは嫌な予感がした。

「エリーゼさん、ああ、なんてことを……！　うちの息子のせいで、本当にごめんなさい」

またセレナは謝罪を口にした。一体何に対しての謝罪なのか、エリーゼには分からない。

いや、分かりたくない。

呆然と固まったエリーゼの肩に、セレナは手を置いた。

今にも泣き出しそうな顔でエリーゼを見る。

セレナは、いつも優しかった。エリーゼが遊びに来ると、『私もこんな女の子が欲しかったのよ。うちは男の子ばっかりだから』なんて言われて、よく可愛がってもらった。

エリーゼと会う時、いつも穏やかな笑顔を湛える彼女が、今、見たこともないような悲痛な表情を浮かべている。

「不実なあの子を許してちょうだい」

消え入りそうな声でセレナがそう言った。

「不実……」

不実という単語の意味がここにきてよく分からなくなった。さっきから彼女は何を言っているのだろう。

そう思った時に、『エリーの愚かさが腹立たしい』そう言って嘲笑う、アルベルトとヴィクトリア王女の姿が脳裏をよぎって、思わずエリーゼは一歩下がった。

「アルは、本当に、私との婚約破棄を望んで……？」

うわ言のように呟いたその言葉に、セレナは痛ましげな顔をして瞳を閉じた。

否定をしない。つまりは肯定ということ。

あり得ない。昔のアルベルトを必死でエリーゼは思い出した。

二人だけの思い出、二人だけの場所、二人だけの秘密。

「納得できません。アルベルトに会わせてもらえませんか」

力なくそう言うと、セレナはしばらくしてから頷いた。

「……声をかけてみましょう」

セレナは力強くそう言って部屋を出た。エリーゼもその後に続く。

アルベルトの部屋は屋敷の二階の角だ。

セレナはそのアルベルトの部屋の前に立つと、ノックをした。

「アルベルト、エリーゼさんが来ていらっしゃるわ。入ってもいいわね」

セレナがそう言うと「ダメだ！」と部屋の向こうから声が返ってきた。

昔聞いたアルベルトの声とは少し違う。低くて、大人の声。でも確かに、アルベルトの面影がある。声変わりしたのだ。八年。八年もエリーゼは一緒にいられなかった。大人になる彼の側にいられなかった。そんな当たり前のことを改めて思い知った。

「アル……」

思わず名を呼んだ。

「もう帰ってくれ。君とは会いたくない。婚約だって、破棄しただろう」

はっきりとした、拒絶の言葉。

「アルベルト！　何を言うの！　ちゃんとエリーゼさんに説明をしなさい！」

何も言えないエリーゼの代わりに、セレナが声を荒らげる。

しかし、扉の向こうのアルベルトは、何も答えなかった。

王女に無理やり結婚を迫られて困っているアルベルト。

それは、現実を認めたくないエリーゼのただの妄想だったのだ。それが分かった。

「……もう、いいです。分かりました」

エリーゼは絞り出すようにしてそう声を落とした。

今にも倒れてしまいそうな身体にどうにか力を入れて、来た道を戻るために足を動かす。

（もう、ここにはいたくない）

弱々しく歩くエリーゼの背中に「エリーゼさん！」とセレナの声がかかる。

しかし、アルベルトは、最後まで引き止めることはなかった。

エリーゼと初めて出会ったのは、アルベルトが五歳の時。父に連れられて訪れたコーンエリス邸でだった。

綺麗な青紫色の瞳が印象的だった。その美しい瞳に吸い寄せられるようにして、気づけばアルベルトはエリーゼに声をかけていた。そんなこと、今までなかったのに。

それからは何をするにもエリーゼと一緒にいた。一緒にいたかったからだ。

面倒見が良くて、しっかりもので、強くて、曲がったことが大嫌いで、情に厚い。そんなエリーゼがアルベルトは好きだった。

そしてその気持ちが恋であると自覚したのは、十歳の時だ。

その日も、エリーゼの邸に来て、剣の稽古をしていた。

けれど夕方近くに雷雨に見舞われて、屋敷の中で雨宿りをすることになった。

一緒に稽古をしていたエリーゼの兄のコンベルは、勉強の時間だと言って自室に戻り、アルベルトの父はエリーゼの父親と話があると言って別の部屋へ。

必然的に、アルベルトはエリーゼと二人で過ごすことになった。

濡れた髪を布で拭き取りながら、ごろごろと唸り声をあげる雷雲を子爵邸の廊下の窓から眺めていた。

すると、「こ、こわいの？」と、隣にいたエリーゼが声をかけてきた。

視線を窓からエリーゼに向けて、アルベルトは少しだけびっくりした。

いつもより、エリーゼとの距離が近いのだ。

エリーゼとアルベルトは確かに仲が良かったが、エリーゼが貴族の令嬢ということもあり、適切な距離感を保っていた。けれどその日は、今にも肩が触れ合いそうなほどに近かった。

そのことに戸惑うアルベルトだったが、エリーゼはアルベルトのことは見ずに、雷雨に見舞われた窓の外を青白い顔でまっすぐ睨みつけている。

いつもより顔色が悪い。そう思った時に、ドンと大きな音が響いた。

近くで雷が落ちたのだ。エリーゼはその落雷に驚いてか、小さな悲鳴を漏らして肩をすくめた。

大丈夫？　と、アルベルトが声をかける前に、エリーゼは顔をあげてアルベルトを見た。

そしてぎこちない、少し引き攣ったような笑みを見せる。

「ア、アル、平気？　大丈夫だからね。私がいるから、怖くないわよ」

エリーゼは青い顔で、少し震える声でそう言って、アルベルトの手を握った。

アルベルトの手を握るエリーゼの手は、やっぱり震えていて。

アルベルトはその時、どうしようもなくエリーゼを愛しく思った。

自分だって怖いのに、アルベルトを守ろうと勇気を振るった彼女の優しさと強さに、心を奪われた。

守りたいと思った。強くて、だからこそ少し危なっかしい彼女を自分が守りたいのだと、心の底からそう思って。

だから戦に出た。エリーゼを守るため。そして、エリーゼにふさわしい男になるために。

そしてアルベルトは二十三歳になった春の日、戦を終わらせて故郷に帰ってきた。

彼女にふさわしい男になれたという自信を身につけて。

「まあ、アルベルト！　戻ったのね！　私の自慢の息子！」

そう言って、アルベルトの母、セレナ＝アルバスノットはアルベルトを抱きしめる。

屋敷の玄関前には、セレナと二番目の兄カスバートが揃ってアルベルトを出迎えてくれていた。

八年続いた戦が、やっと終わった。

懐かしい実家と、久しぶりに再会した母を見て徐々に終戦したという実感が湧いてくる。

「ただいま戻りました」

アルベルトはそう言って母を抱きしめ返してから、隣に並んでいたカスバートに腕を回す。

「おかえり、アルベルト。いや、将軍閣下とお呼びした方がいいか？」

と冗談交じりに声をかけてくれたカスバートに苦笑を浮かべた。

「やめてください、カスバート兄さん……」

「やめてと言われても、もうアルベルトは上官だしなぁ」

「それは戦時中だけの話ですよ。もう戦は終わりました」

照れくさそうにアルベルトが言うと、カスバートは肩をすくめる。

「いやあ、戦の中だけで終わるとは思えないけどねえ。今回の活躍で、アルベルトの爵位取得は確実。俺の手の届かない存在になるよ」

と言っておどけて笑う。

軽口を言うが、いやらしい感じはない。だから兄の言葉を笑って流してから、アルベルトはあたりを見回して口を開く。

「父上とジョナス兄さんはまだ戻ってきていないのですか？」

あたりを見回しても父と長兄が見当たらない。それに彼らが戻っていたら馬がいるはずだがそれもない。

アルバスノット男爵家は騎士の家系。父も兄二人も、全員が戦のために家を空けていた。それがアルバスノット男爵家に生まれた者の務めだ。

アルベルトは、この戦で将軍という一軍団を束ねる立場に出世していたため戦後の処理でやることが多く、他の兵士達よりも帰郷が遅れた。

自分が帰る頃には、父も兄も戻っていると思っていたが、実際に家にいるのは次男のカスバートのみであるらしい。

「まだ戻ってきていないわ。陛下に呼ばれて、まずは王城に向かうことになっているの。というか、アルベルトもそのはずだと思ったのだけど」

　セレナが不思議そうにそう口にする。

「ああ、なるほど、父上達は先に王都へ行かれたのですね。僕は一度顔を見せてから向かおうと思っていて、一旦こちらに寄りました」

　アルベルトがそう答えると、セレナは嬉しそうに口角をあげた。

「まあ、そうなの！　まずは帰ってきてくれたのね！　嬉しいわ！」

　感激したように言う母に、ニコリと笑みを見せてから、アルベルトは改めて口を開く。

「はい、もう我慢できそうになくて」

「まあ、そこまで！」

「はい！　早く、エリーに会いたいです！」

「……は？　……エリーゼさん？」

　笑みを引き攣らせたセレナがそう言うが、相手の動揺に気づかずにアルベルトは言葉を続けた。

「はい！　ずっと離れて暮らしていて、流石にもうこれ以上は耐えられなくて……。あ、母上、お土産があります。帰路の途中に謙虚な魔女商会の店があったので、買ってきました」

そう言って、アルベルトは屋敷の門前に待機させていた人に呼びかける。

ここまで一緒だった戦友の一人だ。名はケインという。実家が同じ方面にあるらしく快くここまでついてきてくれた。

「謙虚な魔女商会といえば、あの紅茶の!?」

セレナが嬉々とした声をあげる。

謙虚な魔女商会というのは、戦が始まって少ししてから台頭してきた大商会だ。

遠い東の地から茶というものを流行らせ、アステリア王国を含む周辺諸国に、お茶文化を根付かせた。

今では、お茶だけでなく、食器類、ドレス、化粧品、お菓子、生活必需品などなど、さまざまな品物を取り扱っており、アステリア王国だけでなく各国に多彩な流通網を抱え周辺諸国においてもなくてはならない存在だ。

加えて、その大商会は先の戦で敵国の流通を止めて経済を麻痺させることによって、アステリア王国の勝利に大きく貢献したと言われている。

その謙虚な魔女商会を興した商会長は「影の魔女王（シャドウクイーン）」という異名を轟かせており、王侯貴族ですら、かの商会の影響力を考えると無下にはできない存在になっているらしい。

そして驚くべきことに、その商会に所属する従業員のほとんどが女性なのだ。夫や息子といった一家の稼ぎ頭だった男達が戦に駆り出されたため、生活に窮した女性達が集まって大きくなった商会なのだという。

商会の頂点である影の魔女王をはじめ、会長を支える四人の大幹部も全て女性。それもあってなのか、女性心をくすぐる商品の取り扱いが多いらしい。

アルベルトがお土産に、謙虚な魔女商会の店の品物を選んだのは、品質が良いというのもさることながら、かの商会の品が女性に喜ばれると聞いたからだ。

アルベルトの母も例外ではないようで、謙虚な魔女商会と聞いて喜色を浮かべた。

「えっと、こちらの箱には紅茶と茶器のセット。こちらにはドレスと装飾品が入っています」

門前に待機させていた荷馬車から贈り物が入った大きな箱を抱えて持ってきたケインが、外箱の蓋を外して簡単に説明をする。

「まあ、こんなに!?」

大きな箱いっぱいに入れられた贈り物に、セレナは目を輝かせて、プレゼントの一つ一つを手に取り始めた。

一通り品物に目を通したセレナは、ふと顔をあげて門の向こうに視線を向けた。

「ねえ、大きな荷馬車が二台もあるけれど、もしかしてまだプレゼントがあるのかしら!?」

ホロ付きの荷馬車が二台あるのを見て、期待するようにセレナが言う。

アルベルトは母の期待を微塵(みじん)も察していない様子で首を横に振った。

「母上へのお土産はこちらだけです。あの荷馬車にあるものは全てエリーへのもので」

と、アルベルトは無邪気な笑顔で答える。

エリーと名を口にしただけで、アルベルトの頭の中は子爵邸で待っているであろう婚約者、エリーゼのことばかりになった。

愛らしい笑みを浮かべるエリーゼの姿が脳裏によぎる。赤茶色の髪に、青紫の透き通った瞳。意思の強そうな眉と、よく動く表情筋。

脳裏によぎったエリーゼの姿が、十五、十六歳のままで止まっているのは、戦のせいで約八年間会えていないからだ。

「えっと、二台とも全部……？　エリーゼさんへの？」

セレナは明らかに顔を引き攣らせていたが、すでに意識がエリーゼに向いていたアルベルトは気づかない。満面の笑みを浮かべて大きく頷く。

「はい！　謙虚な魔女商会で取り扱っている茶葉の種類が豊富で、エリーが何を好きなのか分からないから全部買ってきてしまって。それに茶器も。ブルーベルの花模様の素敵な茶器が、なんと五種類もあったんです。それで、迷った末に全て購入して。それにエリーに似合いそうな可愛らしいドレスも何着かあって、エリーの服のサイズが分からなかったので、とりあえず全てのサイズを一通り買いました。手紙で服のサイズを何度か確認したのですが、何故か返信がなくて。でもよくよく考えたら、女性に身体のサイズを聞くなんて失礼だったなと。エリーが怒ってなかったらいいんですけど。あ、あと、髪飾りとかは、サイズは関係ないと思って、エリーに似合いそうなものを全部買いました。エリーは何をつけても似合うだろうから、決めきれなくて」

と、ひくひくと頬を引き攣らせているセレナに、アルベルトは饒舌に語り続ける。

語るに従って、アルベルトは頬を上気させた。

頭の中がエリーゼで満たされる。早く会いたい。話せば話すほどその想いが募り、とうとうアルベルトは我慢ならなくなった。

「ではいってきます」

と、エリーゼのお土産について一通り話し終わったアルベルトは、また馬車の方へと戻ろうとした。

それまで顔を強張らせて絶句していたセレナはハッと顔をあげて口を開ける。

「ちょっと、ど、どこへ行くの!?」

「どこって、エリーのところに決まっているではありませんか。お土産を渡さなくてはいけないですし……何より早くエリーに会いたいんです」

かすかに頬を赤らめて照れたように言うアルベルトに、先ほどから呆然と見ているだけだったカスバートが口を開いた。

「ちょ、ちょっと待ってくれ。アルベルト、さっきからエリーゼ嬢の話ばかりだけど、お前、王女様と恋仲になったんだろ?」

カスバートが慌てた様子でそう言ってくるので、アルベルトは目を丸くさせる。

「え？　王女様と？　まさか。そんなことあるわけありません。僕にはエリーがいるのに」

　アルベルトが不思議に思いつつそう返答すると、カスバートの眉間に皺が寄る。

「え!?　いやだって、王女様がこの前うちに来て……んぐ」

　カスバートの言葉は途中で止まった。隣に立っている母セレナに口を手で押さえられたからだ。

「カスバート、黙ってなさい」

　セレナはそう言うと、今度はアルベルトの方へと目を向けた。

「アルベルト、落ち着いて聞いてほしいことがあるの」

　なんだか、母親の様子がおかしい。そう思いつつアルベルトは姿勢を正した。

「どうしたんですか、いきなり。そんな改まって……」

「あなたとエリーゼさんとの婚約はね、破棄されたのよ」

　小さな子供に言い聞かせるような口調で、セレナは言った。

　アルベルトは一瞬、彼女が何を言っているのかよく分からなかった。

（婚約破棄……？　エリーと僕の？）

　心の中で母親の言葉を何度か繰り返し、母が先ほど口にした言葉の内容をどうにか理解したところで、一笑に付した。

「ハハ、やだな。何を言うかと思ったら、いきなりなんですか？　そんな悪い冗談よしてください」

エリーゼとの婚約が破棄になるなんて、そんなことはあり得ない。となれば母の冗談だ。そう決めつけたアルベルトは笑うが、母親も兄のカスバートも笑っていない。

そのことで徐々に不安が募っていき、耐えられなくなったアルベルトは改めて口を開いた。

「冗談、ですよね？　だって、そんなの、あり得ない。あり得ないです、だって、エリーは僕の婚約者だ」

アルベルトはすがるような気持ちでそう言うが、セレナは首を横に振った。

「嘘じゃないのよ。ああ、可哀そうなアルベルト。いい？　エリーゼさんはね、他の人と婚約したの。相手は伯爵家。あなたとの婚約は破棄されたのよ」

今度こそ、アルベルトの頭の中が真っ白になった。

救いを求めてカスバートを見るも、何故か痛ましいものを見るような瞳でアルベルトを見ている。

(冗談、ではない？　そんな、馬鹿な……。だって、エリーは……)

屈託なく笑う、エリーゼの笑顔がよぎった。

青紫色の瞳を細めて笑う。綺麗な形をした唇はピンク色で、エリーゼの甘い声がアルと呼ぶ。名を呼ばれると、天にも昇るような気持ちで……。

「ど、どうして……」

アルベルトの口から漏れた言葉が弱々しく響く。

「待てなかったのよ。でも、いいじゃない！　王族との結婚よ！　こんな素敵なことあるかしら！」

セレナはそう言って喜色を浮かべた。しかしアルベルトは青白い顔で首を横に振る。

「エリーが、待ってくれなかった……？」

動揺して、目が泳ぐ。

（そんなことあり得ない。エリーに限って、そんなこと……）

エリーゼはいつもまっすぐだ。一度交わした約束を破るなんて、あり得ない。

「やっぱり女なんて、信用ならない！」

そう声を荒らげたのは、ケインだ。ここまでついてきてくれた戦友。

視線がケインに集まる。

「国のために戦っていた閣下ですら見捨てるなんて！」

ケインは周りの視線を気にすることなく、地面を睨みつけて恨み言を吐き出す。

それを聞いて、アルベルトは思い出す。

戦中に、若い兵士に宛ててその婚約者から婚約破棄の打診の手紙が届くことはよくあった。ケインもその中の一人で、いつも人のよさそうな彼が当時すごく荒れていたのを覚えている。

ケインに落ち着けと言おうと口を開きかけた時、

「国を勝利に導いた閣下を見捨てるなんて！　とんだくそ女だ！」

そうケインは声を荒らげた。ケインの怨嗟に塗れた言葉に、アルベルトの頭は真っ白になる。そして無意識に口を開いた。

「やめろ！　エリーのことを悪く言うな！」

咄嗟に吐き出した言葉は自分が思うよりも大きく、周りにいる者達が息を呑んだのが分かる。空気が、先ほどの怒声の余韻でピリピリと振動している。

そのことにハッと我に返ったアルベルトは、顔を下に向けておずおずと口を開いた。

「……ごめん、大きな声を出して……でも、エリーのことは悪く言わないでくれ」

弱々しく、そう言葉にする。

しかし、周りの者達は怯えたようにアルベルトを見るだけで何も言わない。

アルベルトは言葉を続けた。

「きっと何かの間違いだ。エリーに限ってあり得ない。……確かめてくる」

そう言って、アルベルトは馬車の方へ向かい、荷馬車の馬を一頭ハーネスから外してそれに飛び乗った。

馬車で行くより、単身馬に乗っていく方が速い。

後ろからケインや母親の声が聞こえた気がしたが、気にしていられずに駆け出した。

エリーゼに会いたかった。

エリーゼに会って、この不安な気持ちを早く吹き飛ばしてほしい。

祈るように馬を駆る中、アルベルトの気持ちに呼応するかのように重たい雲が上空に垂れこめ、大粒の雨が降り始めた。

王女の来訪から十日後。エリーゼは大荷物を抱えて屋敷の玄関の前に立っていた。

幸先悪く、雨が降り始めている。大降りになる前に出られたらいいが。

上空の雨雲を見ながらエリーゼがそう思っていたところで、

「本当に、行くのか？」

見送りにきてくれた兄のコンベルが、悲しそうに目尻を下げてそう言った。普段は表情筋が死んでいる兄なので、そんな顔はとても貴重だ。

周りを見回せば、兄とともに見送りに出ている使用人達も、同じように沈鬱な表情を浮かべている。

エリーゼはこれから家を出る。そして王都にほど近いエイバレン領で暮らす予定だ。

心配かけてごめん。

そう直接口にすれば、お前が謝ることではないと兄が怒り始めそうなので、エリーゼは言葉を呑み込んで微笑んでみせた。

「どうしたの、みんな。私が仕事で屋敷を空けるなんて、いつものことじゃない」

おどけて答える。令嬢としては褒められたことではないが、エリーゼはよく外泊をしていた。

　とはいえ遊んでいたわけではない。働いていた。

　貴族階級の、しかも女性が労働にいそしむことは『恥』に当たるため、公にはしていないが、アルベルトが戦から逃げ帰ってきても二人で生きていけるように、エリーゼはひそかに働きに出ていた。兄とごくわずかな使用人だけが知っていることだった。

　これから暮らす予定の場所も、その仕事に関係している。

「今日はいつものとは違うだろう。……戻ってくるつもりはあるのか？」

　と兄に問われて、エリーゼはあいまいに微笑む。

「仕事で忙しくなるだろうから、しばらくは帰れないかも。でもそのうち……落ち着いたら顔を出すわ」

　まるっきり嘘ではないが、大事なところを隠しつつ、エリーゼはそう返事をする。

　そんなエリーゼをコンベルは黙って見つめた後、ためらいがちに口を開いた。

「ここにいると、辛いか？」

　その言葉を聞いて、そんなことないと口にしようと思ったのに、上手く言えない。エリーゼはその事実に思わず顔を強張らせた。

　兄のコンベルの言う通りだ。

　この家、この場所にいるのがエリーゼは辛い。ここは、アルベルトとの思い出が多すぎる。

屋敷の中庭は、兄のコンベルとアルベルトがよく剣の稽古をしている場所だった。その様子をエリーゼは二階の窓からよく眺めていた。稽古の休憩時間になるのを見計らって、軽食を籠に詰め込んで渡しに行く。三人で直接芝生に腰を下ろして、チーズとベーコンを乗せただけのパンを食べて、ハーブティーを口にする。たわいもない話をするその時間が、あまりにも幸せで……だからこそ、中庭を見るたび辛くなる。

あの時に感じた幸福は、きっとおそらくもう手に入らない。

兄も使用人達も良くしてくれているので、そんなこと口が裂けても言えないし、言うつもりもなかった。けれど。

「……ごめんなさい」

思わず出たのは、謝罪の言葉だった。

上手く気持ちを切り替えられない自分が申し訳なくて、エリーゼはつい口にしてしまった。

「謝るな。お前が謝ることではない！」

兄は怒りを抑えたような口調でそう言って、エリーゼを抱きしめた。

（心配、かけたくなかったのに……）

そう思いながら、エリーゼは兄の背中に手を回す。

母を幼い頃に亡くし、父は仕事でほとんど家にいなかった。エリーゼにとって一番身近な家族は、この兄と……。

兄の後に続いてかつての婚約者の顔が出てきて、エリーゼはかすかに首を横に振る。

彼は、家族ではない。……家族になれなかった。

「アルベルトめ。男爵家の三男であるアイツとの婚約を認めてやったのは、エリーゼを大事にしてくれると思ったからなのに！」

悔しそうに兄が言う。

本気でエリーゼを思って怒っている兄の気持ちが嬉しいと思うのと同時に、アルベルトを責めないでという気持ちがあふれてくる。

（フラれたっていうのに、アルのこと悪く言われると嫌な気持ちになるなんて……ほんと、私って馬鹿ね）

エリーゼは苦笑を浮かべると、兄の胸に両手を置いて少し距離をとった。

笑顔を作ってみせた。涙だって流していない。泣きそうなのをぐっと堪えた自分を褒めてやりたいと思った。

「しょうがないわ。アルベルトは……将軍様になってしまったし、側にあんなに綺麗な人がいたらコロッといっちゃう気持ち、分かるもの」

婚約破棄の書類を持ってきた王女の姿を思い出しながらエリーゼは言う。

美しかった。恥ずかしながら、仕事にかまけて見た目をおろそかにしがちだったエリーゼとは比べるべくもなく。あれで王女も戦場帰りなのだから、もともとの素質が格別に良いのだろう。

「エリーゼだって美人だ！」

コンベルが憤慨してそう言った。さすがに身内の欲目がすごすぎてエリーゼは噴き出すようにして笑ってしまう。

「ありがとう、お兄様。でも、そろそろ行かないと。これ以上いたら名残惜しくなっちゃうから」

そう言って、エリーゼは横に置いていた鞄を手に取った。

屋敷の門前にはすでに二頭立てのホロ付きの馬車を用意している。

「気持ちが落ち着いたら、いつでも戻ってきていいからな」

「うん。……あ、それと、伯爵家の婚約の件だけど。そのうち向こうから婚約破棄の打診が来ると思う。もし来たら、私の代わりに対応しておいて」

王女からの慰謝料代わりの縁談のことを思い出してエリーゼはそう言った。

王女がどんなつもりで用意したのかは分からないが、恋敵の情けをすんなり受け入れられるほどエリーゼは素直な性格をしていない。

それにアルベルトへの気持ちが残ったまま、他の人と婚約する気にはなれなかった。

とはいえ、伯爵家との婚約話を格下である子爵家からは破棄できない。

破棄するためには向こうから言ってくれないと無理なのだが、婚約の話がなかなか進まないとなれば、婚約破棄を言い出してくれるだろう。

たぶん向こうも王女の圧力で無理やり婚約させられた口だ。わざわざ伯爵家がこんな田舎の子爵家の娘と結婚なんてあり得ないのだから。

「それは構わないが、本当にいいのか？　もしかしたら、すごくいい相手かもしれないぞ」

「いい相手なんて、そんなの……」

アル以上にいい人なんているわけない。そんな言葉がついつい口に出そうになって、エリーゼは慌てて止めた。そして取り繕うように口を開きなおす。

「ど、どうせ、変な人よ。爵位のある家の嫡男で、二十八にもなって婚約者がいないなんて」

「まあ、確かにそうかもな……いや、待てよ。その理屈で言うと、二十七歳でまだ婚約者のいない私も変人ということになるような気がするのだが……」

と、コンベルが気づいてはいけないことに気づき始めた気がして、エリーゼは慌てて馬車の方へと駆け出した。

「また、落ち着いたら手紙を書くから！」

そう言って、エリーゼは手を振った。

気持ちが落ち着いたら、また会いに行こう。家族なのだ。……もう会えないかもしれないアルベルトとは違う。

笑顔で手を振りながら、エリーゼはそう思った。

エリーゼが旅立った日の午後、エリーゼという花がいなくなって鬱々としたコーンエリス子爵邸の玄関扉が、乱暴に叩かれた。

「コーンエリス子爵様！　どうか、エリーに会わせてください！　エリーが他の人と婚約したというのは、本当なのですか⁉」

玄関の扉を叩きながら、先ほどからずっとそればかり吠えているのは、エリーゼの元婚約者アルベルト＝アルバスノット。

もう顔も見たくない相手だ。追い払えと家令に命じたが、アルベルトは頑なに玄関扉の前から離れない。

書き物をしていたエリーゼの兄コンベルは、とうとう筆を置いた。

「うるさいやつめ！　よくも、のうのうと会わせろなどと言えたものだ！　今更惜しくなったか！」

コンベルは怒りに任せてそう言って、立ち上がると玄関へと向かう。そして玄関扉を開けると、憔悴しきった様子のアルベルトがいた。

外は雨だったので、アルベルトの身体はびっしょりと濡れている。

その憐れなさまを見て、コンベルは性格が悪いと分かりながらも、いい気味だと思った。

「子爵様！　エリーは⁉　会わせてください！　エリーが他の人と婚約したというのは本

当ですか!?」

　ずっと外で喚き散らしていたことをアルベルトは繰り返してきた。

　殴りたい気持ちを必死で抑えながらコンベルは口を開く。

「エリーゼに会いたいだと？　よくも言えたものだな、裏切り者のアルベルト将軍が。愛人にでもしようとでも思ったのか？」

「う、裏切り者……？　愛人……？」

　意味が分からないとでも言いたげなアルベルトの態度に、コンベルはますます苛立ちが募る。

「おやおや、裏切ったご自覚がない。それもそうか。天下の将軍様だ。このような些事にはご興味がないのでしょうな。本当に素晴らしいご身分になられました。戦で活躍し、将軍という地位を得て、爵位も約束され……この国一番の美姫すら手に入れようとなさっている！　男の夢そのものだ！」

　コンベルは侮蔑をたっぷりと含みながらそう言った。

　この言葉にはアルベルトも応えたのか、はじかれたように口を開いた。

「それが、そんなに悪いことですか!?　僕は、そのために、そのためだけに戦ってきた！」

　恥ずかしげもなくそうのたまうアルベルトに、コンベルは舌打ちをした。

「ああ、そうだな！　目的のためになんでもやってみせるお前には、心底感服したよ！

もういいから、早く出て行ってくれ！　この私が、怒りでお前をぶち殺す前にな！」

　とうとう衝動を抑えられずに乱暴な声がコンベルから漏れる。

　信じていたのだ。爵位はないが、この男なら可愛いエリーゼを幸せにできると、心から信じていたのに。

「エ、エリーは、エリーはどこに……」

「少し前に婚家に向かったよ！　ありがたくも、伯爵家との縁談が舞い込んでくれたからな！　お前と正式に結婚させる前に、クズと気づけただけ幸いだったかもしれん。さっさとどっかに行ってしまえ！」

　そう言って、コンベルは乱暴に扉を閉めた。

　扉に寄りかかりながら、コンベルは怒りを逃がそうとふーっと息を吐き出す。

　婚家に行ったというのは、もちろん嘘だ。エリーゼは、商人として自立するために旅立った。しかしこれぐらいの嘘、可哀そうなエリーゼを思えばなんてことない可愛い嘘だ。

　扉の向こうにはしばらくアルベルトの気配があったが、そのうちどこかに行ったようで気配もなくなった。

　最後に見たエリーゼの辛そうな顔が脳裏によぎる。

　あんな顔をさせるために、あの男を婚約者として認めたわけじゃない。

　そう思って、コンベルは声を押し殺して涙を流した。

エリーゼがもうすでにほかの男のもとへ行ってしまった。

その言葉に気力を失くしたアルベルトは、コーンエリス子爵邸の門番に引きずられるようにして、門前へと投げ出された。

『この国一番の美姫すら手に入れようとなさっている！』

大雨の中、濡れた地面の上に膝をついたアルベルトの脳裏に、エリーゼの兄、コンベルが放った言葉がよぎる。

「何がいけないんだ。国一番の美姫（エリー）にふさわしい男になりたくて、彼女を守りたくてここまで来たのに」

喉から搾り出すようにこぼした言葉が、雨音で溶けていく。

もうエリーゼと会えないのか、エリーゼの声も聞こえないのか、一緒にいられることはないのだろうか。

雨の一粒一粒が重い。雨を吸った服が重い。身体が、鉛（なまり）のように重い。

「エリー……もう僕は、君に会えないのか？」

地面に問いかけてももちろん答えなど返ってくるはずがない。

返事の代わりにボタボタと身体を打ち付ける雨音だけが耳朶（じだ）に響く。

エリーゼは、アルベルトにとっては高嶺の花だった。身分が違うのももちろんだったが、頭が良くて美しいエリーゼの周りには、エリーゼに憧れる男子が大勢いた。

だから、エリーゼの側にいるアルベルトはよく虐められた。エリーゼに相応しくないと、いろんな人に何度も言われた。

それでもアルベルトはエリーゼの側にしがみついた。

エリーゼの隣に立っていても恥ずかしくない男になりたかった。

「いやだ。あきらめきれない……」

涙でにじむ声でそう言って、地面を見下ろす。そこで、アルベルトは気づいた。

アルベルトの視線の先に、車輪の跡があった。

雨でぬかるんだ土に僅かに残った車輪の跡。

「この跡は、新しい車輪の跡？」

アルベルトはハッと顔をあげた。

コンベルは、確か『少し前に婚家に向かった』と言っていた。この車輪の跡をたどれば、エリーゼに会えるかもしれない。

「まだ……間に合う」

アルベルトは立ち上がると、近くで待たせていた馬に飛び乗った。

エリーゼに続く車輪の跡をたどりながら、馬を走らせる。

しばらく馬を駆れば雨雲が薄くなり、晴れ間が見えてきた。

そのおかげで馬の速度は上げられたが、土が乾いて硬くなると、車輪の跡が残りにくくなる。

（早めに追いつきたい）

追いつく自信はあった。こちらは単身の馬。向こうは馬車だ。速さならアルベルトに分がある。

空が晴れてきたからなのか、アルベルトの胸中まで次第に明るくなっていく。

きっと、エリーゼは意に沿わない結婚を強いられているに違いない。

そう思うようになっていた。

どこの伯爵家なのかまでは分からないが、伯爵家といえば、コーンエリス子爵よりも上の階級の貴族だ。

そこから吹っ掛けられた婚約話を子爵家であるエリーゼが断れなかった可能性はある。

エリーゼに会ったら、気持ちを確かめよう。それで、エリーゼの返答次第では駆け落ちをしたっていい。エリーゼとともにいられるなら、もう何もいらない。

そう心を決めていた時、前方に二頭立ての馬車が見えた。

道の脇に停めているその馬車のホロには、コーンエリス子爵家の家紋が描かれている。

近くの草地に馬が二頭、木につながれた状態で、草を食んでいる。おそらく休憩をしているのだ。

「あれだ！」

アルベルトは急いで馬を走らせ馬車のもとへ。

馬を止めようとすると馬が驚いていななき、前足を空でかく。アルベルトはそれを上手くいなしてから、飛び降りた。

「エリー！」

着地と同時に馬車に駆け寄って名前を呼ぶ。

しかし返答がなくて、我慢できずにアルベルトは馬車の扉を開けた。

そこにエリーゼがいると思って。だが馬車の中には誰もいなかった。

「なんだあんたは」

御者台の方から老年の男の声が聞こえた。

ハッとして顔を向ける。怪訝そうにアルベルトを見る男と目が合う。おそらくこの馬車の御者だ。

「エリーはどこですか⁉」

アルベルトが言うと、御者の男は目を軽く見開いた。

「お前……アルベルトじゃないか。わざわざ追ってきて、今更惜しくなったのか⁉」

「なんの話をして……。いやそれよりエリーは今、どこに！」

「は、もうとっくにエリーゼお嬢様は、迎えの馬車に乗って行ったよ」

御者の男の言葉に、アルベルトは身体を強張らせた。

「もう、行った……？」

「そうだ。分かったらもうお前は帰れ！」

と答える御者の男の胸ぐらを掴んだ。

「な、何するんだ！」

「どこに行った!?」

「は!?　なんなんだ！」

「エリーはどこにいるんだ!?」

必死に言い募ると、男は顔を引き攣らせながら口を開く。

「……エイバレン領のグレイ伯爵のところに行ったのさ！　お前とお嬢様の縁は切れただろ！」

そう怒鳴られ、アルベルトは手を離す。ドサッと彼が落ちる音と、いってえ、と嘆く声が聞こえた。

しかしアルベルトはそれに構っていられるほどの余裕がない。

馬車から出ると、道に残った車輪の跡を捜す。この道は通りが多いらしく数多くの車輪の跡が残っている。

どれがエリーゼに続くものなのか分からない。

「グレイ伯爵……」

けれど、手がかりはある。グレイ伯爵家。彼女はきっとそこにいる。

アルベルトは馬に飛び乗った。

「おい！　どこに行くつもりだ！」

御者の男の怒鳴り声が聞こえたが、アルベルトはそれに返事をせずにエイバレン領へと駆け出した。

エリーゼは馬車で揺られて数日ほどして、王都に近しい場所にあるエイバレン領のとある建物に着いた。

「ようやく着いたわね」

エリーゼはそう言って、二頭立ての馬車から降り立つ。

屋敷を出た時に使った馬車は途中で乗り換えた。子爵令嬢であるエリーゼが働いている、という事実は公にできない。子爵家の紋章が入った馬車で堂々と移動などできるはずもなく、途中普通の馬車に換えたのだ。

エリーゼは、あまり目立たない色のワンピースを着ていた。赤茶色の髪の毛はひっつめて後ろで結び、大きな丸眼鏡をかけて眉も太めに書き足す。商人としての偽名は『リーゼ』。

申し訳程度の変装に偽名だが、驚くほどに印象が変わる。今のところこの格好をしていて子爵令嬢のエリーゼという身分が暴かれたことはない。エリーゼがもともと社交界に出たことがなく、貴族の知り合いがほとんどいないというのもあるだろうが。

エリーゼは日差しを避けるように目の上に手で庇を作り、目の前の建物を見上げた。

青色の屋根と白い外壁の建物は、一見すればお城のように見える。

ここはエリーゼが新しく興したばかりの商会、ブルーベル商会の拠点。

エリーゼは、少し前まで謙虚な魔女商会という大商会で働いていた。そこで、こつこつこつこつ働いて、この屋敷を建てるための資金を集め、やっとのことで完成したのだ。

「お待ちしておりました」

馬車を降りると、肩より下まで伸ばした銀髪を後ろにまとめた優男が、そう言って頭を下げる。

美しい容姿に品のある振る舞い、どこに出しても恥ずかしくない美男子。彼はブルーベル商会の副会長に任命したサイラスだ。

彼の後ろには、同じような黒の従業員服を身につけた女性が二人、頭を下げていた。そばかすがかわいい十八歳のシャーラと、その母親であるソフィアだ。

彼らはエリーゼが謙虚な魔女商会に所属していた時に一緒に仕事をしていた三人で、エリーゼが、コーンエリス子爵家の令嬢であり、商人の時は『リーゼ』と偽名を使っていることも知っている。

エリーゼが新しく商会を興すと聞いて、一緒に働きたいとついてきてくれた。

「リーゼ会長、お手を」

サイラスが自然な仕草で片手を差し伸べてきた。甘い笑顔も忘れない。

長い付き合いではあるのだが、彼がそんなふうに接してくるのは初めてなので、思わずエリーゼは目を見開いた。そしてすぐに彼の行動の変化の原因に思い至る。

（そっか、私が婚約破棄したこと、ここにいる三人には伝えていたものね……）

婚約者のいる女性に他の男が必要以上に触れるのは、貴族界隈ではあまりよくないこととされている。それを知っていて、今までサイラスはエリーゼの手に触れることに遠慮していたのだろう。

「ありがとう、サイラス。あなたにこんなレディーのように接してもらえる日が来るなんてね」

「……あなたの婚約者はとても愚かですね。あなたのような素晴らしい人がいるというのに」

エリーゼが茶化すように言った言葉に、サイラスが優しく包み込むように応じた。

エリーゼはその慰めの言葉に、微笑んで「ありがとう」と返して手を重ねる。

「あなたの悲しみもきっといつか癒える時が来るでしょう。少し時間が必要かもしれませんが……私も微力ながらお手伝いさせてください」

サイラスはそう言って、重ねたエリーゼの手の甲にキスを落とした。

「ちょ、サイラス、そんなサービスもやっているの!?」

とびっくりしすぎて素っ頓狂な声をエリーゼがあげると、サイラスが不服そうな顔をする。

「サービスとか、別に手当たり次第にこういうことをやっているわけではありませんから」

「それは、分かっているけど……」

びっくりした。

サイラスとの出会いは、薄暗い路地裏だった。治安の悪いその場所で、人生の全てに絶望したとでも言いたげな様子の彼を放っておけなくて、謙虚な魔女商会での仕事を手伝ってもらうことにした。

基本的には冷静沈着な男で、顔がいいのでたくさんの女の人に声をかけられるが、冷たくあしらうような人だ。

本人から直接は聞いていないけれど、おそらく貴族出身だ。多分爵位を継げない次男坊以下、とエリーゼは見ている。

貴族と聞けばすごいと思われがちだが、家督を継げない次男以下の人生はなかなかに過酷だ。自分の食い扶持(ぶち)のために労働せねばならないことが多い。こうやってこっそりと勤めることもそう珍しいことではない。

「では、参りましょうか」

気を取り直してという感じでサイラスが言うので、そうねとエリーゼもついていく。

サイラスのエスコートで屋敷の中に入ると、広い吹き抜けのホールが見えてきた。

ホールの中は眩しいほどで思わずエリーゼは目を細める。

というのも、床一面に白い大理石、南側は壁をほとんど取り払って、バルコニーにつながっている。

バルコニーはカーテンで仕切ってはいるが、カーテンの生地自体は薄いので、たっぷりと陽の光が入る設計になっている。カーテンは、淡い水色の生地に金糸でブルーベルの模様を刺したもの。

室内の壁は白壁なので、窓から差し込んだ光を反射して輝いて見えるほどだ。

「まあ、素敵ね。想像通り、いえ、想像以上だわ！」

興奮してエリーゼがそう声をあげる。

「ええ、そうですね。最初話を聞いた時は、少し王都から離れているということもあってどうだろうかと思いましたが、ブルーベル商会は上手くいくと確信しました。すでに何件か、内輪のパーティーの会場に使いたいという申し入れがあります」

感慨深げなサイラスの言葉に、エリーゼは頷く。

「これからは商人が力をつける時代よ。自身の財力を示すために、商人達はこぞってパーティーや催し物をする。それを行う建物の需要が絶対に増えると思ったの」

エリーゼが興した商会の事業内容は、セレモニーやパーティーなどの企画運営。

この建物は結婚式などのセレモニーや社交目的のパーティーを行いたい商人や下級貴族に貸し出すために建てた。

パーティーなどの華やかな社交の場は、今まで上級貴族の特権だった。何故なら上級の貴族でないと、たくさんの人を集められるほどに広い屋敷を王都近郊にもてないからだ。下級の貴族がパーティーを行うこともあるが、だいたいが上級貴族の屋敷を借りて行っており、あまり好き勝手にはできない。

　けれど時代は変わってきた。最近は、商人の台頭が著しい。貴族よりもよっぽど裕福な暮らしをしている商人もいる。

　一番有名なのは、以前、エリーゼも所属していた謙虚な魔女商会の幹部商人達だろうか。謙虚な魔女商会はお茶の交易で名を馳せた商会として有名で、今では生活のあらゆるものに関わっていると言われるほどだ。

貴族の生まれでなくとも、商人として成功を収めれば、王侯貴族でさえそう無下に扱えない存在になれる。

　そういった商人達の台頭で求められるのが、パーティーを開く会場だ。

貴族でなくとも、貴族のように人を招いてパーティーを行いたいという商人がこの先絶対に出てくる。それはその人の見栄のためでもあるし、人脈を構築するためでもある。

　王都の中ではなく外側のこの場所にしたのも、その方が需要があると踏んだからだ。王都には、パーティー向けの貴族の屋敷がたくさんある。それに屋敷の貸し出しは貴族の収入源の一つ。競合になりすぎると軋轢（あつれき）を生む。

　今、目の前の建物は、エリーゼが考えうる中でもベスト。

　エリーゼは謙虚な魔女商会の一員として働きながら、この建物を作るために何年もの歳月を費やしてきた。ここには、エリーゼの理想を詰め込んだ。

エリーゼは、光あふれるホールの中を進み、そして白壁に薄い青色で描かれたブルーベルの模様に思わず、目を奪われた。

エリーゼは、壁に描かれたブルーベルの模様に触れて、指を這わせる。

春の訪れを知らせる鈴のような形の、可愛らしいこの花が、エリーゼの一番好きな花。

「壁の模様、ブルーベルじゃなくてヒヤシンスにすれば良かったかも」

エリーゼがそう言えば、側にいたシャーラが戸惑いがちに首を傾げる。

「そうですか？　ブルーベル、可愛いと思います。謙虚な魔女商会のブルーベルデザインのドレスも結構売れていますし」

「そうね。でも、ブルーベルの花言葉、知ってる？　謙虚という花言葉が有名だけど、変わらぬ心という意味もあるの。謙虚という言葉は、この首を垂れたような花の形から。そして変わらぬ心というのは、見た目がヒヤシンスに似ているから。青いヒヤシンスの花言葉は、変わらぬ愛なの。ね、こっちの方が、ロマンティックで素敵じゃない？」

では何故、この建物全体にブルーベルの意匠を施したのかと言うと、理由は単純。いつかここで、アルベルトと結婚式をするつもりだったから。

ブルーベルはエリーゼとアルベルトの思い出の花。

幼い頃は春になるたびに、ブルーベルの花畑に行って二人で遊んだ。将来の約束をした時、アルベルトがエリーゼにくれたのはブルーベルで編んだ指輪だった。

それが嬉しくて、嬉しくて……。ブルーベルを見るたびに、優しく幸せだったアルベルトとのことを思い出す。

アルベルトがいない間、その思い出を大事に抱えて、寂しくなった時も耐えてきた。

『婚約を破棄してほしいのです』

ふと、そのセリフとともに王女の顔が浮かんだ。彼女が手にしていたブルーベルのハンカチ。エリーゼとアルベルトしか知らないはずの思い出が赤の他人である王女の口からこぼれた。

そして、顔さえ見せてくれないアルベルトとの別れ。

あんなに幸せだったはずの思い出が、今では鋭い刃のようになってしまった。

「……うん、でも、そうね。ごめん、さっきの話は忘れて。今更よね。それにやっぱり私は……この花が好きだから」

これで良かったのだと、エリーゼは心の中の淀みを振り払うように明るい声でそう言って、改めてホール会場を眺めた。至るところにブルーベルの模様が描かれている。今でもまだエリーゼの好きな花。

「リーゼ会長、何があってもあたし達がいますからね！　リーゼ会長に拾ってもらわなかったら、あたしもシャーラももうとっくにくたばってた。本当に感謝してるんだよ」

エリーゼが内心で気落ちしていることを悟ったのか、ソフィアがそう声をかけてくれた。

エリーゼが振り返ると、サイラスもシャーラと同じ気持ちだという顔をしている。

エリーゼはアルベルトと不自由なく暮らすために商人になった。

アルベルトはエリーゼの全てだった。何をするにも、エリーゼの動機の全てにアルベルトがいた。

エリーゼが商人になったのは、私的で不純な動機だった。けれど、動機がなんであれ、がむしゃらに働いて、今ではこうやって出会えてよかったと思える人達がいてくれる。

(ありがとう、アル。こんな結末に終わった恋だったけれど、私、あなたを好きになって本当に良かった)

エリーゼは自分でも驚くほどに心が穏やかになれた。

そのことにホッとして、でも、エリーゼのこれからの人生で、アルベルトの存在が少しずつ薄れていくことを少しだけ寂しく思うのだった。

第二章

「それではブルーベル商会のこれからの発展に、カンパーイ！」

エリーゼはそう言って、杯を掲げた。

今日は、エリーゼが立ち上げた商会の決起会。

力を貸してくれる従業員のみんなとのどんちゃん騒ぎだ。

もちろん会場はブルーベル宮殿と銘打ったこのブルーベル商会の白亜の建物だ。

料理は、この屋敷に併設されている調理場で作られているもの。つまりは試運転も兼ねてのパーティーである。

この場にいるのは人数にして大体十数人ほど。

ほとんどが女性だ。謙虚な魔女商会にいた人の大半が女性で、そこから連れてきた形なので結果女性ばかりになった。

「それにしても、リーゼちゃんが、謙虚な魔女商会をやめると聞いた時は驚いたねえ。やめる理由はほら、例の婚約者が戻ってきたら新婚生活でしばらくのんびり暮らしたいから、だったろう？　それで婚約破棄になって、やっぱりやめずにそのまま続けようとは思わなかったのかい？」

すでにお酒に酔ったのか、赤ら顔のソフィアがエリーゼに声をかけてきた。

あの謙虚な魔女商会をやめたエリーゼがどうやら不思議であるらしい。

すでに十代後半の娘がいるソフィアは、エリーゼのことも娘ぐらいに思っていて、業務外の時間では親しげに話してくれる。母親を早くに亡くしたエリーゼにとって、ソフィアは何となくこそばゆい存在だ。

「……もともとやめるつもりだったから」

苦笑いを浮かべてそう答える。

戦争が終わってアルベルトが帰ってきたら、謙虚な魔女商会をやめようと前々から決めていた。

アルベルトとの新婚生活を維持しながら、謙虚な魔女商会で働くのは難しいと思ったからだ。謙虚な魔女商会は、大商会だからこそやることが多い。しかもアルベルトが想像以上に戦で活躍するものだから、途中で彼が爵位を得て帰ってくることは確信に変わる。そうなれば、爵位持ちのアルベルトの夫人として立ち回らねばならない場面も出てくる。

大商会で働きながら片手間で対応できるものではない。

だから、戦争が終わったら、自分の裁量で仕事を決められる小さな商会を興そうと決めて準備を進めていたのだ。

「それに、ずっと前からやめるとオリヴィアさんに伝えていたし、婚約破棄されたから今更なしだなんて言えないもの」

エリーゼはそう続ける。オリヴィアは謙虚な魔女商会の大幹部の一人だ。

　商人としてひよっこだったエリーゼに、商人のいろはを教えてくれたのはオリヴィアだった。そのオリヴィアに、エリーゼは戦争が終わったら商会をやめるつもりだと前々から伝えていた。

「そうかもしれないけどね、オリヴィア様だって、リーゼちゃんがやっぱりなしって言っても別に怒ったりはしないよ。むしろ喜びそうな気もするねえ」

　ソフィアの言葉に、確かにと思うエリーゼがいる。

　でも、エリーゼは首を横に振った。

「私が嫌なのよ。……約束を反故にするようなことは」

　エリーゼはそれだけ言って、手に持っていた杯を口に運ぶ。

　葡萄酒の酸味と渋みが口の中に広がった。

「まあ、婚約なんてたいそうな約束を反故にされた後じゃあ、そう思うのも仕方ないかねえ。あれだけぞっこんでしたしね」

　としみじみ言われたので、口に含んだワインを噴き出しそうになったエリーゼは、慌ててワインを飲み干すと口を開く。

「ちょ……！　別に、それのせいってわけじゃ……」

　と、エリーゼが慌てて否定していると、ソフィアの娘のシャーラまでがこちらの会話に割って入ってきた。

「会長、また元婚約者の話ですか？　いつまでも引きずるのはよくないですよ」

シャーラはそう言うと、頑張ってとでも言いたげに拳を作ってみせた。

「いえ、別に、私からその話をしていたわけじゃなくて」

「お綺麗なんですから次、良い出会いがありますよ！　サイラス様なんてどうです？　私、お二人は結構お似合いだと思いますよ！」

目をキラキラさせるシャーラの若さに思わず一歩下がる。

「サイラスは、そういうのじゃないっていうか……」

などと答えていると……。

「おや？　私の話ですか？」

会話にサイラスの声が割って入ってきて、エリーゼは思わずぎくりと肩を震わせた。

「サ、サイラス……。あなたどこから聞いて」

気まずい気持ちでエリーゼが尋ねるも、サイラスはいつもの涼しげな顔で口を開く。

「私とリーゼ会長がお似合いというところから伺っておりました」

余裕のある笑みを浮かべるサイラスに、エリーゼはがくりと肩を落とす。

「もう、早く声をかけてよ」

「すみません、私も少々気になりまして」

とふざけた口調で言うサイラスを軽くねめつけると、彼は冗談ですよとばかりに肩をすくめた。

「と、いうのはさておき、リーゼ会長にご報告が」

まじめな顔でそう言う。表情からして、どうやらみんなで仲良く聞くような話ではないらしい。そう察したエリーゼは、指先で壁際のスペースを示す。

「分かった。話を聞くわ。端に寄りましょう」

そう言って、サイラスとともに壁際の空いたスペースに行った。

「会長のお兄様から至急のご伝言がありまして……」

「兄上から?」

「はい、コーンエリス子爵邸に、例の元婚約者アルベルトが会長を訪ねてきたようで」

「え!? アルが……!?」

ぎょっと目を見開く。

「はい。兄上の話では、今更惜しくなって押しかけてきたのではないかと。愛人にするつもりなのではと懸念しております。その上、様子がおかしかったので、直接会長に危害を加えてくるのではと心配も」

「そんな、アルが……」

思わず口元を手で押さえた。

(なんで、今更……)

エリーゼがアルバスノット男爵家に行った時、アルベルトは顔さえ見せてくれなかった。鬱陶しそうに追い払われて、追いかけてもくれなかったのに……。

「念のため、こちらの建物の警備ができる者を手配いたします」

「え？　あ、うん、そうね……それがいいかも」

と答えながら、エリーゼはアルベルトのことで頭がいっぱいだった。

何故、どうして、何のために。

(お兄様は、愛人にでもするつもりなのでは、との考えだけれど……)

アルベルトがそんなことを考えるとは、どうしても思えない。

(でも、八年。アルベルトと離れてから八年よ。彼は変わってしまって……だから婚約破棄を……)

そう考えていたエリーゼの視界の端で、サイラスが背中を向けてどこかへ行こうとしているのが見えて、慌てて声をかけた。

「待って、サイラス」

「どうかしましたか？」

「その……」

と頭の中で整理をしてから、エリーゼは口を開く。

「もし、アルが私のところに来たら、追い返さないで。……話を、聞いてみたい」

エリーゼのその言葉は、サイラスにとっては少し不服のようだった。眉根をわずかに寄せる。

「八年も待っていたあなたをこっぴどくフった男に何の話があるのですか」

少しばかり責めるような口調で言われて、エリーゼは顔を下に向けた。

サイラスが不快に思う気持ちも分かる。アルベルトとの最後は、あまりにもひどいものだった。でも。

エリーゼは唇を噛みしめてから、どうにか口を開く。

「……お願い。アルベルトが来たら私のところに連れてきて」

弱々しく、エリーゼがそう言う。しばらくサイラスは無言だったが、ふーと息を吐き出す。

「かしこまりました。会長の仰せの通りにいたします」

「……ありがとう」

エリーゼがサイラスに礼を言うと、彼は軽く会釈をしてホールから出て行った。

（もし、もしアルがごめんと謝って、やっぱり私と一緒にいたいと言ってきたら……）

きっと許してしまう。少しは怒るけれど、アルベルトがそれでも真摯になって謝ってくれて、エリーゼを抱きしめてくれたなら。

「いや、アルがここまで捜しに来るなんて保証はないんだし！」

エリーゼは自分の妄想を打ち消すように思わずそう声を出した。

また、感傷に浸ってしまった。そう思って、壁に寄りかかって片手で持っていたワイングラスを傾ける。

期待したくないのに、すぐに期待してしまいそうになる自分が嫌になる。

そんなことを考えていたら、少し周りが騒がしくなった。

顔をあげると、人が集まっているところがある。

「あ、オリヴィアさんだ」

ホール会場の入り口に、ウエーブのかかった豊かな金髪を靡かせる美女を発見した。

豊満な胸元がよく見えるオフショルダーの紫のマーメイドドレスに、白いレースのジャケットを羽織っている。光が当たると光沢を放つその紫の派手なドレスが、これでもかというぐらい似合っている、謙虚な魔女商会のオリヴィアだ。

従業員達は、彼女の登場に沸いていて、次々と声をかけに向かう。

オリヴィアはそれらの挨拶に笑顔を振りまいていた。そしてふと、エリーゼの方を見て、嬉しそうに両眉を上げた。

「リーゼ！　久しぶりねえ～！」

年齢不詳の大商人であるオリヴィアが笑顔で大きく手を振りながら、まっすぐエリーゼのもとへ。

見た目年齢は二十代なのだが、彼女と出会った七年前でもすでにこの若々しさだったので、実年齢はかなり上のはずだ。しかし全くそうは見えない。

「久しぶり、オリヴィアさん。まさか今日の決起会に来てくれるなんて」

オリヴィアは、謙虚な魔女商会の幹部で、商会の顔だ。常に忙しい。

お世話になった人なので、一応声をかけてはみたものの、来てくれないだろうと思っていた。

「当たり前でしょ。あなたのためだもの」

　そう言って、オリヴィアがウィンクを放つ。

「お召しものは私がお預かりいたしましょう」

　と、サイラスがオリヴィアの白いジャケットを受け取った。

　繊細なレースで作られた羽織ものだ。日差しから肌を守れる上に、軽くて薄いので、初夏の今頃に着るにはちょうど良い。

（あれはきっと新作ね。売れそう）

　相変わらずセンスがいいなと、エリーゼはぼんやりと思った。

「ありがとう、サイラス。相変わらず、いい男。私のものになっちゃわない？」

「恐縮です」

　サイラスは明らかな口説き文句に対しても動揺することなく答えると、しれっとした顔のまま出て行った。いつものことすぎて慣れきっているのだろう。

「うふふ。そういう靡かないところも素敵」

　とオリヴィアは言うと、エリーゼと対面した。

「リーゼ、ブルーベル商会の決起、おめでとう。この会場も素敵ねえ。今度私にも特別価格で使わせてね！」

　などなど、オリヴィアはブルーベル宮殿を褒めた後、ニマニマと面白そうな顔を浮かべてエリーゼを見る。

「で、聞いたわよぉ」

そのいたずらっ子のような顔に、エリーゼは嫌な予感がした。いや、彼女が来た時にはもうあきらめてはいたが。

「例の婚約者と婚約破棄、したのでしょう？　まあ、まさかよねえ。あなたあんなに大好き大好き言ってたのにぃ」

とクスクスといった感じで笑う。

やっぱりか、とエリーゼは嘆息する。

婚約破棄したとオリヴィアに知られたら、絶対に揶揄（からか）われると思っていた。分かっていたことだが、実際にやられると想像以上に腹立たしい……。

オリヴィアも、エリーゼの素性を知る数少ない人だ。そのこともあって、エリーゼはアルベルトのことを相談していた。その相談の一つとして、家庭との両立のために商会をやめようと思ってる、と伝えたことがある。その時、心底バカにしたような目で見られた。

『男なんて、いつ裏切るか分からないのよ!?　それなのに……！』

オリヴィアからは、馬鹿ねえとため息交じりに言われたものだ。

その時のエリーゼは、『私のアルに限って裏切るわけないもの』などと答えていたわけで。

（く、まさかオリヴィアさんの言う通りの状態になるなんて……）

わずかに眉根を寄せてから、エリーゼは口を開く。

「人生、そういうこともあります」

と、エリーゼが悔し紛れに言うと、

「しかも、泥棒猫は、あの王女様」

とオリヴィアが続けたので、エリーゼはわずかに目を見開いた。詳しく話していないのに、すでにそのことも知っているとは。さすが、謙虚な魔女商会の大幹部である。

だけど、先ほどの言葉は看過できない。

「泥棒猫って、やめてよ。王族よ。聞かれたら不敬罪に問われるかも」

「何、いい子ぶってるのよぉ。横から婚約者を搔っ攫うような女は、王女だろうが聖女だろうが泥棒猫よ」

「本当に、オリヴィアさんって怖いものなしね」

とエリーゼがため息をついて彼女を窘めるのはあきらめて、またワイングラスを傾けた時。

「ねえ、悔しくないの？」

オリヴィアが、先ほどまでのにやついた顔ではなく、エリーゼが思わずハッと息を吞むほどに真剣な顔をしてそう言った。

彼女の迫力に気圧されながらも、エリーゼは口を開く。

「別に、悔しいってわけじゃ……だって、八年、彼は戦場にいたのよ。変わらないままでいられるわけがない」

しかし婚約破棄を突きつけられるまで、エリーゼはアルベルトは変わらないと信じ込んでいた。

エリーゼが八年間もアルベルトのことを想っていたのと同じように、アルベルトも自分のことを想い続けているはずだと。

今思えば、あまりにも幼い。純粋で、眩しいぐらいに愚かだった。

「ふーん。でも、私は悔しいわ」

そのオリヴィアの言葉には、怒りが込められている気がして、エリーゼはわずかに目を見張った。

「オリヴィアさんが、怒ることじゃ」

「いいえ、言わせて。だって、そうでしょう？　私の可愛いリーゼをこんなあっさりしっかりきっぱりフって！　あろうことか王女様と婚約!?　リーゼが、あの将軍のためにどれほど」

と話せば話すほどオリヴィアがヒートアップしていくのでエリーゼはやめてという意味で軽く両手をあげた。

「別にいいのよ。アルのためだけに頑張っていたわけじゃないもの」

「いーえ、だとしても許せない！」

「最初来た時は、揶揄ってやろうみたいな顔していたのに」

どんどん怒りがヒートアップするオリヴィアに、エリーゼは呆れてそう声をかける。

「そう、最初はね、揶揄ってやろうって気持ちで来たわよ。しばらくちゃんとした恋人がいない私に、いつもいつもいつも惚気話ばかりのあなたが、フラれたと思って、だから揶揄って……」

と言って、オリヴィアは途中で口をつぐむ。先ほどまで怒りの表情だった彼女が、今にも泣きだしてしまいそうに顔をゆがめた。

「でも、あなたの顔見たら、怒りが湧いてきちゃった」

そう言って、オリヴィアはエリーゼを慰めるように優しく笑う。

「オリヴィアさん……」

オリヴィアの優しさに、エリーゼの心に温かいものが広がった。

彼女との付き合いは、ここにいる誰よりも長い。商人としての師匠であり、苦楽を共にしてきた仲間だ。

「ということで、私の可愛いリーゼにこんな顔させた罪は重いわ。懲らしめないと気が済まない」

と、オリヴィアの想いにジーンとしていたら、そんな不穏な言葉が飛んできた。

「オリヴィアさん？　懲らしめるとかはちょっと……一旦、落ち着いて？」

「安心して、私は落ち着いてるわ。落ち着いて、懲らしめるつもりよ」

一つも安心できないのだが、とエリーゼは思いつつ、しかしこうなったオリヴィアを止められないのは、長い付き合いから分かっている。

「それにね、私、いい作戦があるの」

ニヤッと笑って、オリヴィアがそう切り出した。

「いい作戦？　悪い予感しかしない……」

「まあ話を聞いて、悪い話じゃないのよ。仕事の紹介でもある。実はブルーベル商会で結婚式を挙げたいという次期伯爵様がいてね」

思わぬ仕事の依頼に、エリーゼは目を見開いた。

いくつか商人達から内輪のパーティーで利用したいという打診は来ている。だが、欲を言えば、商人以外からの仕事が欲しかった。

貴族もブルーベル商会を利用したとなれば、商会としての箔もつく。

「で、その次期伯爵様はね、アルベルト将軍と同じ隊にいたことがあるらしいの」

「え……」

突然のアルベルトの名前に、エリーゼは固まった。

「これはチャンスよ」

とオリヴィアが言う。エリーゼはどういう意味か分からず、しばらく目を瞬かせてから恐る恐る口を開いた。

「チャンスって、何のチャンス？」

「アルベルト将軍の恥ずかしい話や情けない話やかっこ悪い話を聞き出して弱みを握るチャンスよ！」

思ってもみない方向の話だった。反応できないでいるとオリヴィアはさらに話を続ける。

「だって、悔しいじゃない！　アルベルト将軍のかっこ悪い話でも聞いて、スッキリしたいじゃない！」

と、オリヴィアは顔をしかめて訴えた。

「さっきの『懲らしめる』という話は、ここにつながるわけね」

と呆れたようにエリーゼは言ってから、改めて口を開く。

「だいたい、同じ隊にいたからってそう簡単にアル、ベルト将軍の話が聞けるとは思えないけど」

「大丈夫よ。彼、アルベルト将軍の大ファンらしくてね、新興商会のブルーベル商会に興味を持ったのも、アルベルト将軍関係で」

「まさか、私がアルの元婚約者だと話したの!?」

焦ってそう尋ねると、オリヴィアは首を横に振った。

「話してないわよ。私、こう見えて、他人のプライベートのことを勝手に話さないタイプ。彼が興味を持ったのはこれよ」

と言って、オリヴィアは、壁に描かれたブルーベル商会の紋様、ブルーベルの花模様を指差した。

「将軍が好きな花がブルーベルだから、『ブルーベル商会』という名前が気に入ったんですって」

その言葉に、エリーゼはわずかに目を見開く、

(確かに、アルの好きな花はブルーベル、だったけど……)

今はもう違うのではないかと、エリーゼは漠然と思っている。

何故なら、アルベルトが最後に選んだ花は。

大輪の薔薇のように美しかった王女の姿を、エリーゼは思い出していた。

アルベルトは、エイバレン領にあるグレイ伯爵家の屋敷にたどり着いた。

途中、道に迷ったり、目的地であるグレイ伯爵邸がどこにあるかを聞きながらの旅路で、想像以上に日数がかかってしまった。

そして、やっとたどり着いたと喜んだものの、屋敷の門を叩くと不審者扱いされて中に入れない。

しかし屋敷の住人の一人にアルベルトのことを知っている人物がいたため、エリーゼの話を聞くことができた。

まず、エリーゼはここに来ていなかった。

グレイ伯爵家の嫡男とエリーゼが婚約したことは事実であるようだが、まだ婚約を結んだだけでいつ頃輿入れとなるかも何も決まっていないらしい。

しかし家を離れがちな嫡男が、わざわざ屋敷に戻ってきて婚約に同意したということで、グレイ伯爵家では驚きと喜びに包まれているという。

肝心の嫡男はまたどこかへふらりと行ってしまったが、コーンエリス子爵令嬢と正式に結婚を交わしたらずっと屋敷にいてくれるのではと、グレイ伯爵家の面々は期待しているのだとか。

それらの話を聞きながら、アルベルトはほとんど絶望していた。

エリーゼへの手がかりが、終わってしまった。

(ここにもいないのなら、エリーは、どこにいるんだ……)

次を捜す当てもなく、アルベルトはグレイ伯爵邸を出た。

おぼつかない足取りで馬に乗り、目的もないまま馬を走らせる。

(エリーがどこにいるのか、分からない)

馬を走らせながら、アルベルトは八年間の空白を思った。

八年前なら、アルベルトはエリーゼがどこにいてもすぐに分かった。見つけ出すことができた。

けれど、今は分からない。

それからのアルベルトは、朦朧とした意識のまま何日も彷徨った。

コーンエリス邸に戻ればエリーゼはいるだろうか。

コンベルにどこにいるか問い詰めようか。

ほの暗い考えさえ脳裏によぎるほどに、身体と心が疲弊した時、懐かしい香りが鼻をくすぐる。

(ブルーベルの香り……?)

はっと顔をあげると、アルベルトは森の中の小道にいた。

わずかにだが、ブルーベルの花の香りがしたような気がする。

(香りはこっちから、した……)

うっそうと茂る木々の間を見つめる。

馬では通れない道だったため、アルベルトは馬から降りると、道とも呼べないような木々の隙間をぬって歩き出す。

身体は限界だった。エリーゼを見失ってから、ずっと身体が重いのだ。

正直なところ、どうして自分がブルーベルの香りをたどっていこうとしているのかも、よく分かっていない。

半ば意識を手放しながらどうにか歩いていると、森を抜けて開けた場所にたどり着いた。

(白亜の城……?)

開けた場所には、青い屋根のコの字形の大きな白い建物があった。

新しく建てられたばかりなのか、それとも手入れが行き届いているからなのか、輝くような美しさがある。

そして、アルベルトはその建物を夢心地で眺めていた時、あることに気づいた。

白壁に鈴のような形の花の絵が、描かれている。

壁に描かれたブルーベルの花模様に、アルベルトは目を奪われた。

吸い寄せられるようにして目の前の屋敷へと歩みを寄せながら、エリーゼのことを思い出していた。

（ブルーベルだ……）

昔、エリーゼが紙にブルーベルの花模様のある大きなお城を描いて、こう言った。

『結婚式をするなら、こんなお城みたいなところがいいなって……』

エリーゼが少し照れたように笑った。エリーゼがそんな夢見がちなことを言うのは珍しくて、よく覚えている。

いつか叶えてあげたいと思った。もちろん、その結婚式でエリーゼの隣にいるのは自分で……。

「誰ですか？」

警戒するような男の声で、アルベルトは現実に引き戻された。

声のした方を見れば、黒い服を着た銀髪の男が一人立っている。

「物盗り？　いや、汚れの程度はどうであれ、着ている鎧は王国兵ののもののようですが……」

銀髪の男は、そう言ってアルベルトを観察している。

改めてアルベルトは自分の姿を確認した。ボロボロだった。着ている服も鎧も、傷や土汚れがついてひどい有様だった。おそらく髪だって、ぼさぼさだ。

怪しまれていると察したアルベルトは慌てて口を開いた。

「あ、あの、すみません。その、物盗りとかではないです。道に迷ってしまった、と言いますか……」

しどろもどろでアルベルトは答える。

「失礼ですが、お名前は？」

「えっと、アルベルトです。アルベルト＝アルバスノット」

アルベルトがそう名乗ると、銀髪の男は顔色を変えた、ように見えた。

そのことにアルベルトがわずかに戸惑っていると、銀髪の男は鋭い眼差しで口を開く。

「なるほど……エリーゼ嬢の元婚約者のアルベルト将軍でしたか」

アルベルトはその言葉に目を見開いた。

「……！　エリーのことを知っているんですか!?　もしかしてエリーがどこにいるかも!?」

「……ええ、知っていますよ」

アルベルトはそう聞いて、喜びの表情を浮かべた。

（良かった！　これで、やっとエリーに会える！）

そう思った時だった。

「ですが会わせることはできません」

銀髪の男の口から飛び出たのは、そんなセリフ。思わずアルベルトは言葉を失った。

すると追い打ちをかけるかのように銀髪の男が口を開く。

「たとえ、彼女が許そうと、私は許せない。彼女を傷つけたことを」

彼の言葉に、アルベルトはハッとして口を開いた。

「エリーのことを、僕が、傷つけた？　そんなことをした覚えはない！　彼女は僕の一番大切な人なのに！　そもそもあなたは誰だ？　エリーとどんな関係なんだ!?」

アルベルトが必死に主張すると、銀髪の男はここで初めて動揺を見せた。

瞳を揺らし、怪訝そうに眉根を寄せる。

「傷つけた覚えはない？　まさか……」

銀髪の男は口元を片手で隠すと、思案げにそう小さく呟いた。

誤解が解けたのだろうか。そう思ってアルベルトは恐る恐る口を開く。

「エリーの居場所を教えてくれないか？　もし、何か誤解があるならエリーにも説明したい」

アルベルトがそう言うと、銀髪の男は何故か視線を先ほどよりも鋭くした。

「いえ、誤解ではありません。あなたが、エリーゼ嬢を傷つけたのは事実だ。……彼女は、もうあなたに会いたくないと言っている」

予想外の言葉に、アルベルトは目を見張る。

「な、何故……」

「何故などとよく言えたものです。あなたはエリーゼ嬢を八年も放置して戦にのめり込んだではありませんか」

「それはしょうがないだろう！　僕は彼女のために戦っていた！　彼女を守るために！」

アルベルトがそう言い返すと、銀髪の男は噴き出すようにして笑った。

「エリーゼ嬢のため？　ああ、なるほど。分かりましたよ。あなたが彼女に嫌われた理由が」

そう言って銀髪の男はくすくすと笑う。アルベルトは、『嫌われた』という言葉に顔を強張らせた。

するとと銀髪の男はその隙をつくように口を開く。

「自分の手が血で穢れたのは、彼女のせいだと言いたいのでしょう？　彼女のために戦に参加して、彼女のために手を血で汚してきた。お前のせいなのだから、その責任を取れと言いたい、違いますか？」

彼の物言いに、アルベルトはハッと我に返る。

「違う、そういう意味じゃなくて、僕は！」

そう口にした言葉が虚ろに響いた気がした。

ただ純粋に守りたかっただけだと言いたいが、正直なところそれだけではなかった。

アルベルトはエリーゼにふさわしい男になりたかった。エリーゼ自身が、そんなことしなくていいから側にいてと言っていたにも拘わらず。

それでもアルベルトは自分の意地と理想を通してしまった。

呆然としていると、銀髪の男はつまらなそうにアルベルトを見る。

「もうこれ以上付きまとわないでいただきたい。それが、彼女の幸せですよ。エリーゼ嬢はあなたに対してひどく怯えている。彼女のことを本当に思っているのでしたら、そうするべきだ。それが彼女のためです」

彼女のため。銀髪の男からこぼれた言葉がアルベルトの脳内に響き渡る。

アルベルトがエリーゼの前に現れたら、エリーゼはもう幸せになれないというのだろうか。

アルベルトは、思わず自分の両手を見下ろした。アルベルトは剣を握った。人を切ったこともある。数えきれないほどに。

そういえば、エリーゼが昔、『アルの、どんな命に対しても心を配れる優しいところが好き』と言ってくれたことを思い出す。

嫌われたという彼の言葉がまた脳内に響いた。

今まで深く考えないようにしていたが、戦が始まった四年ほどで、エリーゼからの手紙が来なくなった。アルベルトからは手紙を送り続けていたのに。

呆然と立ち尽くすアルベルトの目の前で、銀髪の男が去っていこうとしている。

彼はエリーゼの居場所を知っている。追いかけて吐かせるべきだ。だけど。

エリーゼはそれを望んでいない。アルベルトがいては、幸せになれない。

その言葉が頭をぐるぐると巡って……足が、身体が、動かない。

「……将軍！　……アルベルト将軍だわ！　グレイ伯爵家からの連絡の通りよ！」

かすかに、声が聞こえた。ハッとして顔をあげると、あたりがもう暗い。夜のとばりが落ちていた。

声のした方を見ると、ランタンを持った者達が数人、慌てた様子でこちらに駆け寄ってくる。

その中に、見かけた顔が数人いる。

だが、誰が誰だか分からない。

「ああ、将軍！　やっと見つけましたわ！　エイバレン領にいると聞いて、捜しまわっておりましたのよ！　さあ、帰りましょう！」

女性の声でそう言われた。

（帰る？　一体どこに。だって僕の帰る場所はエリーのところなのに）

けれどもエリーゼは、アルベルトを待っていない。

そう認識してしまった時、アルベルトの中の何かが、ぽきりと折れた気がした。

アルベルトがブルーベル商会の建物を見つけた頃、エリーゼは珍しく外で仕事をしてい

た。

「卑劣な罠にかかり、四方を敵に囲まれ、絶体絶命のピンチ！　俺は死を覚悟しました。もうダメだと！　しかしその時です！　ヒヒーンと大きな馬のいななきとともに現れたのが、アルベルト大将軍!!　これぞ正しく一騎当千の活躍で！　一振り槍を振るえば十人が吹っ飛んでいきました!!　気づけばあっという間に形成逆転ですよ!!　リーゼさん、分かりますか？　俺の命があるのは、アルベルト大将軍様のおかげなのです!!」

そこまで一気に語り切った青年は、ゼエハアと息を整えた。

目は爛々と輝いており、『どうですか、うちのアルベルト将軍すごいでしょう!?』という言外の圧を感じられるほどの目力だった。

商人の『リーゼ』としてその場にいるエリーゼは、大きな丸眼鏡の奥でにっこりと微笑んでみせた。

「ええ、とっても素晴らしい方のようですね」

何度目か分からない賛辞をエリーゼが送ると、青年は嬉しそうに何度も頷く。

青年の名はフレッド。オリヴィアが紹介してくれた、結婚式を行いたいと依頼してきたお客様。伯爵家の嫡男で、アルベルト将軍と同じ隊だった人。

エリーゼは今、フレッドの住む伯爵邸を訪れて式の打ち合わせをしているところだ。

オリヴィアからは戦時中のアルベルトの話を聞いて弱みを握るのよ、なんて言われたわけだが、どうやらフレッドは熱烈な将軍信者のようで、弱みの類は期待できそうにない。

（いや、もともと、別に弱みを握りたいなんて思っていたわけじゃないけど……）

再び始まったフレッドの大演説を聞き流しながら、エリーゼは思う。

（それにしても、フレッドさんのお話、私の知っているアルと違いすぎて、もう別人みたい）

正直なことを言えば、アルベルトの嫌な話を聞いたらすぐに気持ちが切り替えられるのでは、という淡い期待はあった。

しかしフレッドから聞くアルベルトの話は、すごい話ばかりなうえ、あまりにもエリーゼが知っている『アル』と違いすぎて現実感がない。

（私の知っているアルは……）

日向のような男の子だった。

いつも剣の鍛錬をしているか、何か食べているか、昼寝をしていた。そしてエリーゼが話しかけると、嬉しそうに笑ってくれる、そんなどこか素朴な雰囲気のある男の子。

「もう、フレッド様ったら。また同じ話でしてよ。リーゼさんが、お困りだわ」

隣で穏やかに笑いながらそう声をかけたのは、アルベルト大将軍についての大演説を繰り広げる青年の婚約者、クレア。歳は、エリーゼとそう変わらなそうな見た目、色白で少し垂れ目がちなせいか、おっとりとした印象だ。

「困るわけがないさ。なにせアルベルト将軍の、大英雄様の生の話なんだから」

青年、フレッドはまだ興奮冷めやらぬ様子だ。それを見たクレアが困った人という風に笑う。

　お互いが、お互いのことを想い合っている。二人の雰囲気からはそれが十分伝わってきて、思わず顔がほころんだ。

「本当に、お似合いのお二人ですね」

「まあ……そんな」

　エリーゼが仲の良さを指摘すると、クレアは照れたように控えめに笑って謙遜する。

　その仕草の一つ一つが可愛らしい。

「でも本当に、クレアが待っていてくれて安心しました。実は、戦争から帰ってきたら婚約者が他の男と結婚して子供も作っていた、なんて話を山ほど聞いていたもので」

　フレッドが神妙な顔をしてそう答える。

「まあ、そうなのですか。でも……そういうこともあるのかもしれませんね」

　エリーゼは深く頷いた。

　戦争は八年も続いたのだ。その間、婚約者が不在のまま放置される。特に女性の場合は、その間に結婚適齢期を過ぎてしまう。

　それに、婚約していると公表していても、他から縁談が来ることとなんてざらだ。

　基本的には、若く健康的な男性には徴兵の義務があるのだが、金を払えば免除される。となると、貴族や裕福な家庭の者達は、金を払って跡取りだけは行かせないという選択をすることも少なくない。エリーゼの兄もその一人だ。

となると、良い縁談を組みたいと願う貴族や裕福な商家は、戦で婚約者が不在中であるのを知って、そこに付け入るように縁談を申し込む。

縁談を申し込まれた相手も、いつ戻ってくるか分からない相手よりすぐに家庭を持てる相手を選ぶことはままある。

婚約者の帰りを待って、その婚約者にフラれてしまっては目も当てられないわけであるし、嫁げる時に嫁ぎたいというのも貴族女性の本音だ。

「しかも、聞いてください」

とフレッドが小声で話し始めた。今いる伯爵邸の客室にはここにいる三人だけなので、声を潜める必要はないのだが、つられてエリーゼは耳を軽く寄せた。

「あのアルベルト将軍閣下でさえも、婚約者に捨てられたらしいのです」

「はあ!?　捨てたではなく!?」

フレッドが不満そうに口にしたその言葉に、エリーゼは思わず声を荒らげた。

しまったと思ったが、さすがに耐えられなかった。しかしフレッドはエリーゼに同調するように深く頷く。

「リーゼさんが思わず声を荒らげて怒る気持ち、分かりますよ。全くけしからんですよ。婚約者を待てないなんて。しかも相手はあのアルベルト将軍なのに」

いや、そういう意味で声を荒らげたわけではない、という言葉をエリーゼはどうにか堪える。そして深呼吸をしてなけなしの冷静さを寄せ集めて口を開いた。

「でも、婚約者の方が、捨てたなんて、それはちょっと、信じられないというか。だって、アルベルト様が、王女様と結婚するという話を、その、噂で、ちょろっと聞きましたけど？」

エリーゼは目を泳がせながら、そう口にした。言おうかどうしようか迷ったが、言わずにはいられなかった。それにそのうち分かることでもある。

「え……？　王女様と？」

エリーゼの話にフレッドが目を丸くした。

そしてその話で驚いた表情を見せたのは、クレアもだった。

「まあ、もうお噂になっているのですか？」

そう言ったクレアは、顔を寄せる。

「実は、それ、本当のことです。王女様から伺いました」

クレアの言葉に、フレッドは両眉をあげた。

「え？　そうなの？　でも、どうしてクレアがそんなこと……ああ、そうか、クレアは王宮勤めだから知っているのか」

「王宮勤め、なのですか？」

色々な新情報が目まぐるしく飛び交い、エリーゼは先ほどから目を開きっぱなしだ。でも冷静に考えれば、伯爵家などの貴族の令嬢が、王宮に行儀見習いとして一時的に勤めることは珍しい話ではない。

「はい。先日、王女様が戦場からご帰還されて、陛下にアルベルト将軍とのご結婚の許しを願い出ておりました。特に隠すことでもないので、そのうち明かされることだとは思いますが」

すーっと波が引くように、気持ちが冷めていくのが分かった。

（そう、もう陛下の許しを得たのね……）

そう自覚するとともに、抗いようがない虚しさが胸に迫る。

いまだにアルベルトに心を預けたままの自分が嫌になる。

思わずエリーゼの口元に自嘲の笑みが浮かんだ。

「あー、そういえば、アルベルト将軍と王女様のお噂、戦中もありましたね。どちらかといえば、王女様がアルベルト将軍に入れ込んでいて、将軍はそれを流しているように見えましたけど」

どうも腑に落ちない、という顔をするフレッドだが、エリーゼは首を軽く横に振った。

「……素直に気持ちを向けてくださる王女様に、アルベルト将軍も徐々に好意を寄せていったのかもしれません。辛い時に側にいてくださったのは、きっと王女様でしょうから」

エリーゼが、自分に言い聞かせるようにそう言うと、クレアも頷く。

「そうですね、なんと言っても王女様はお綺麗な方ですから。アルベルト様がお城にお戻りなったら本格的に式の準備を進めるそうで」

式、という言葉に、エリーゼは嫌になるほど胸が痛んだ。

「式というのは……結婚式、でしょうか？」

「はい。お二人とも戦勝の英雄で、お美しい方々です。それはもう盛大な式になると聞いています。しかもなんと式を取り仕切るのは、あの謙虚な魔女商会だとか。戦争の終結は、かの商会の経済的な支援もあってのことで、もうこれはほとんど戦勝を祝うための」

と、クレアは楽しそうに話を続けるが、エリーゼは途中からほとんど耳に入らなかった。

（アルが私以外の人と結婚式を挙げる……）

婚約破棄を突きつけられた時から分かっていたことなのに、改めてその事実に色々な感情が込み上げてきた。

しかしエリーゼはそれを唾とともに飲み込み、ぐっと抑え込む。もう、この気持ちとはさよならをしないといけない。

エリーゼは、王女の結婚式のことで盛り上がるクレアとフレッドを改めて見た。

「クレア様、フレッド様、確かにアルベルト将軍と王女殿下の結婚式は楽しみではありますが、まずはお二人の結婚式です。お二人の人生においてとても大切な、一度きりの特別なもの。お二人のお話を伺ってもよろしいですか？」

エリーゼはいつもの笑みを浮かべて、二人に声をかけた。

二人はハッとした顔をして、気恥ずかしそうに頷く。

（うん、大丈夫。私は、大丈夫）

エリーゼはそう自分に言い聞かせてから、フレッドとクレアの結婚式の話に集中することにした。

クレアとフレッドの要望を、エリーゼは丁寧に聞き取っていく。

会場のデザイン、招待客のリスト、食事の内容などがスムーズに決まり、次はウエディングドレスを決める段階にまで進んだ。

ブルーベル商会が抱えているドレスのデザイン画をテーブルに並べる。

「このドレスがいいんじゃないか。この、オレンジ色の。可愛いと思うな」

一枚のデザイン画を手に取り、フレッドが楽しそうにそう言う。しかしクレアはそのデザインを見て、少しだけ眉根を寄せてから、おもむろに口を開いた。

「……そう、ですね。とても可愛らしいわ」

どこか含みがあるような口調に、エリーゼはかすかに目を見開いた。

(あれ、なんだかクレアさんの様子が……)

何故かクレアの元気がなくなっている。

一方のフレッドはむしろテンションが高い。このドレスも似合いそうだ、このドレスもいいと、ドレスのデザイン画を手に取っては楽しそうに話している。

「うわあ、このピンクのドレスとかもいいなあ。華やかだし。絶対似合うよ」

「……そう、ですね。本当に華やかだわ」

と答えるクレアの目が、なんというか、死んだ魚のような目になっていて……。

（これ以上は、やめた方がいいかもしれない）

エリーゼは二人のやり取りを見て、そう判断した。

「ドレスについては、また後日ゆっくりと決めていきましょう。その時までにまた新しいドレスのデザインが入荷するかもしれませんので」

エリーゼがそう切り出すと、フレッドは「確かにそうだな」と大きく頷き、クレアも元気がない様子ながらも小さく頷いた。

（……もっと順調にいくかと思ったけれど、そうたやすくはなさそうね）

そんなことをエリーゼは思った。


エリーゼはフレッドの伯爵邸からブルーベル商会に戻ってきた。

自身の執務室に腰を下ろすと、二人から聞き取った内容をまとめていく。

「本日はいかがでしたか？」

ブルーベル商会で待っていたサイラスが、お茶の入ったカップを机に置きながら、そう声をかけた。

「すごく仲の良さそうなお二人よ。良い結婚式にしたいわね」

二人から聞いた話をメモに取った紙を眺めながら、エリーゼは何でもないように答える。

「……大丈夫ですか？　差し出がましいことかと思いますが、その……今回のお客様はリーゼ会長と境遇が似ておりますから」

サイラスにそう言われて、エリーゼは顔を上げた。

「やだ。気にしてくれてたの？　大丈夫よ。仕事は仕事だもの。ちゃんとできるわ。まあもちろん……羨ましいと思う気持ちはあるけどね」

そう言って、エリーゼは肩をすくめて、また視線を書類に戻す。

「私は別に、仕事ぶりを心配したわけではありませんよ」

「じゃあ、何を……？」

「あなたの心が傷つかないか、それが心配なだけです」

そう言われて、思わずサイラスと目を合わせたエリーゼはぎょっとした。

サイラスの瞳が思いの外に熱っぽいからだ。

エリーゼは慌てて視線を逸らす。

「大丈夫よ。私のこと、何歳だと思っているの？　もう二十三。失恋で何もできなくなるほど純粋でもか弱くもないわ」

「……私には甘えてくださらないのですね」

ぼそりと、小さな声でサイラスがそうこぼす。

その声色が、すごく切なげに聞こえて、エリーゼは戸惑った。

「……サイラス、なんだか今日、おかしいわ。何かあったの？」

いつもと違う様子のサイラスをエリーゼは心配そうに見つめてからそう問いかけた。

サイラスはわずかに瞳を揺らしたが、すぐにいつもの表情に戻った。

「いいえ、何も、ございません。……それではフレッド様とクレア様の結婚式の予定はどのように？」

と、いつもの真面目なサイラスの口調に戻る。エリーゼは何か声をかけるべきかと悩んだが、かける言葉が見つからないのと、サイラス自身があまり触れてほしくなさそうだったので何も言わずに手元のメモを見た。

「そうね、あちら側の要望で、少しでも早く式を挙げたいみたい……ただ」

とエリーゼはフレッドとクレアの話を思い出しながら視線を下に向けた。

結婚式を純粋に楽しもうとしているフレッドに比べて、クレアにはどこか遠慮のようなものを感じられた。

あまり乗り気でないような、そんな雰囲気。

とはいえ、乗り気でなかったら二人揃って式の打ち合わせをしたりはしないだろう。

貴族間では政略結婚が多く、式を挙げるにしても家令など使用人に任せきりというのが多い。結婚する夫婦二人が揃うというのは珍しいことで、それこそが二人の仲が良いという何よりの証拠だ。

「何か気掛かりなことでも？」

口をつぐんだエリーゼにサイラスが声をかけてきた。

エリーゼは大丈夫、と言いながら微笑んで軽く首を横に振る。

「なんでもないわ。私の杞憂だと思うから」

そう言って微笑んでみせたが、エリーゼの杞憂に終わらなかった。

その数日後、フレッドが一人でブルーベル商会の扉を叩いた。

「結婚式をやめにしたいって、クレアが！」

泣きそうな顔で、そう言って。


ブルーベル商会の屋敷の中にある客間にて、男性の泣き声が響き渡っていた。

「やっぱり、他に男がいたんだ……！」

ぐすぐす泣きべそをかきながらフレッドは嘆く。

フレッドが目元を拭うハンカチはすでにびしょ濡れで、エリーゼは三枚目になるハンカチを手渡した。

「クレア様はどのようにおっしゃったのですか？」

嘆くばかりで一向に話が進まないフレッドに、根気強くエリーゼが問いかけると、新しく渡したハンカチで洟(はな)をすすってから、フレッドは口を開いた。

「それが突然！　今日、迎えに行ったら、やっぱり結婚は取りやめたいって……」

「え、それで、フレッド様はなんと返したのですか？」

「何って、もうびっくりして……そうかって言って……ここに来たよ」

「そうかでここに!?　理由は聞かなかったのですか?」

フレッドの話を聞いて、エリーゼは思わず目を丸くした。

「理由なんてそんなの聞かなくても分かる！　他に男ができたからに決まってるさ！」

「他に男が……!?」

エリーゼからしてみれば、結婚式の打ち合わせのために揃う二人の雰囲気は、とても仲睦まじく見えた。

クレアは愛しげにフレッドを見ていたし、他に想っている男がいるようにはどうしても思えない。

(絶対おかしい。何か裏があるはず……)

とエリーゼは思って、慎重に口を開く。

「クレア様にほかに親しい男性がいるとのことですが……何故そのように思われたのですか?」

「クレアに他に男がいるという話には、根拠がある」

フレッドのその言葉に、思わず絶句した。何か誤解があったのだろうと思っていたのに、根拠があるらしい。

エリーゼが驚いているとフレッドは唇を悔しげに震わせて口を開いた。

「俺だけじゃない！　残してきた婚約者が他の男と結婚してたなんて話はざらなんだ！婚約者じゃなくて結婚していたはずの妻が勝手に離婚していて他の男と結婚したなんて話

だってある！　女なんてみんなそうなんだ！　クレアはそんなことしないと信じてたのに！　う、裏切ったんだ！」

フレッドはかなりの熱量でそう捲し立てたが、エリーゼは「ん？」と、思わず首を傾げた。

「あの、クレア様が他の男性とご一緒におられるところを目撃した、とかではなく？」

「それは見てないが、絶対にクレアには他に男がいる！　調べれば分かる！」

「先ほど、根拠があるとおっしゃっていましたが……」

「クレアは突然結婚式を取りやめるなんて言ったんだ！　それが何よりの証拠だ！」

とフレッドは鼻息を荒くした。

（根拠があるとは言っていたけれど、話を聞く限り、何の根拠にもなってないような……）

女の人が裏切ったという話を他で聞いたからクレアも裏切っているに違いない、とかいうのは、ただの暴論だ。

「フレッド様、落ち着いてください。まずは話を伺いに行きましょう。クレア様が裏切っていたのかどうか、判断するのはそれからです」

エリーゼが力強くそう言うと、フレッドがズズッと洟を啜る音が室内に響いた。

薄緑色のソファ、花柄のカーテン、赤茶色の絨毯。白い壁には、直接風景を切り取ったような美しい絵画や、繊細な彫りを施された調度品が飾られている。

さすがは、伯爵家のタウンハウス。ここは、クレアの家が持っている王都用の家だ。

ブルーベル商会の本拠地からさほど離れていないこの場所に、エリーゼは訪れていた。

唐突な訪問を、クレアは断ることもできたのにそれをしない。クレアは優しい。むしろ優しすぎて、相手の気持ちにばかり気を遣ってしまう。

そんな彼女の気質を思えば、フレッドが言うように彼女が浮気をしていたなんてことは、正直考えにくい。

「リーゼさん、今日は突然、どうしてこちらに？」

戸惑っている様子のクレアに、エリーゼは微笑む。

「実はクレア様に見てもらいたいものがあったのです」

そう言ってから、エリーゼはここまで台車で運んできたものに目を向ける。

台車には人の身長ほどある縦長の何かが、白い布を被せてある状態で置いてあった。

その近くにいるサイラスに目配せをすると、彼は頷いて被せてある布を取った。

「まあ、これは……！」

そこにあるものを目にしたクレアが、たまらずといった様子で感嘆の声を漏らす。

台車の上には、豪華なドレスを着たトルソーがあった。

ドレスは、繊細なレースを幾重にも重ねて作ったものだ。

流行りの胸元が大きく開いたようなドレスではなく、襟が喉元まである。薄いレース生地で肩から手首にかけての肌を清楚に隠し、腰のあたりから釣鐘のようにスカートが広がる。

何よりも目を引くのが、そのドレスの色。

「白い……！　こんなに美しいドレス、初めて見ました！」

クレアの驚きように、エリーゼは思わず口角をあげた。

ドレスはスカートの裾の部分だけ少し青いぐらいで、他は輝くほどに白い。ブルーベルの花をモチーフにして作ったドレスだ。

布というのは、色をつけることよりも色を抜く方が難しい。ここまで真っ白な生地はそうそうお目にかかれない。

（オリヴィアさん、やっぱり天才だわ）

この真っ白なドレスの制作に成功した戦友に、エリーゼは心の中で感謝を捧げた。

白いウエディングドレスは、間違いなく今後流行る。

オリヴィアは、もともと服飾工房を一人で切り盛りしていた職人だ。今でも、ドレスや装飾品のデザインを手がけ、貴族女性を虜にしているトップデザイナー。

「先日、クレア様のお話を伺って、クレア様は少し落ち着いた印象のドレスがよろしいのではと思い、持ってきました」

「まあ、なんて素敵なの」

クレアは、両手を前に合わせて、夢見る乙女のようにうっとりとドレスを見る。

自分がそのドレスに袖を通した姿を想像しているのだろうか。目がキラキラと輝いていた。

「白というその珍しさもさることながら、どれほどスカートを盛っても、派手なデザインにしても、白さがそれら全てを清楚に仕上げて上品にします。クレア様は、今流行の胸元の開いたドレスはあまりお好きではないご様子でしたので」

「あら、私……ドレス選びの時、好みの話をしましたかしら……」

クレアが驚いたようにそう言った。

打ち合わせの時、クレアはドレスの好みをはっきりと口にしてはいなかった。

流行りのドレスのデザインなどを一つ一つ見て、そのどれに対しても「可愛らしいですね」と好意的に答えてはいた。だが、それだけ。

「お好みをはっきりとは口にされてはおりませんでしたが、それこそがつまりクレア様が着たいドレスがなかったからなのではと思ったのです」

エリーゼがそう言うと、クレアは再び、ドレスを見た。

「私の……。私が、このドレスを着て、そしてフレッド様と……」

と、夢見心地の様子で嬉しそうな顔で呟いたクレアだったが、フレッドの名前を口にしてから唇を閉じ、辛そうに瞳を下に向けた。

「……ごめんなさい、リーゼさん。私、実は結婚を取りやめようとしているのです」

クレアが、小さな声でそう言った。

「まあ、結婚を取りやめに……？」

そのことはすでにフレッドから聞いていたが、エリーゼは驚いてみせる。

「はい。今回は、本当に、すみません。こんな素晴らしいものをご用意していただいたのに……」

「理由をお伺いしてもよろしいでしょうか？」

エリーゼがそう問いかけると、迷うように瞳を揺らした。そして、白いドレスに目を向けてから、またエリーゼを見ると口を開く。

「ここまでしていただいたリーゼさんだからお伝えしたいと思うのですが……」

と言いつつも、やはり何か言いにくい理由があるのか、クレアは口を開いては閉じを何度か繰り返してから意を決したように話し出した。

「私、二十三歳なのです。貴族の女としては、結婚するのに遅すぎる年齢で……」

そう言って、クレアは語り始めた。

フレッドとの婚約は、クレアにとっては嬉しいものだった。だから、ずっと待っていた。いつ戦が終わるか分からない中、ずっとフレッドを待っていたのだ。

そして戦が終わって、フレッドが帰ってきた。その時は嬉しかったが、改めて自分の姿を鏡で見た時に、愕然としたらしい。

歳をとってしまった自分の姿に。

フレッドは受け入れてくれるだろうか、そんな漠然とした不安が湧いた。

「それにフレッド様は、ドレス選びの時、ピンク色とかオレンジ色とか……若い女の子に似合いそうな色のドレスばかり勧めてきて……きっとそういう派手なドレスが似合う若い子が良かったんだと思うのです……」

それはさすがに飛躍しすぎでは、とエリーゼは思った。が、表情には出さない。

ここで否定の言葉をかければ、もうクレアはエリーゼに心を開いてくれない。そしてクレアが、そうと思い込んでしまったことにはもっと別の理由があるような気がする。

「私の目には、フレッド様はクレア様のことを本当に想っていらっしゃるように見えましたよ」

エリーゼの言葉に、クレアは悲しげに瞳を閉じると口を開いた。

「私も、そうであると、そう信じたいと思っていました。……ですが、私が結婚を取りやめたいとお伝えしたら、フレッド様は『そうか』と言ってそのまま帰ってしまって……『そうか』だけですよ!?」

ものすごい剣幕でそう口にしたクレアの迫力に、思わずエリーゼが気圧されていると、

「しょうがないだろ!」

と、その場にいないはずの声が唐突に響いた。クレアは思わず肩をびくりとはねさせる。

(ああ、私が声をかけるまで静かにしてと言っていたのに)

エリーゼは小さくため息を吐き出していると、トルソーに掛けていた白いドレスの裾を

捲り上げてフレッドが顔を出した。

「フレッド様……!?」

クレアがそう言って口元を押さえる。

ドレスの中から這い出てきたフレッドは、まっすぐクレアのもとに来た。

「突然、クレアが結婚を取りやめたいなんて言うから、驚いて何も言えなかったんだ！　君こそ、結婚をやめたいと言い出した本当の理由が別にあるのだろう!?　はっきりと言ったらどうなんだ!?」

フレッドが責めるような口調でそう言うと、クレアははじかれたように口を開く。

「本当の理由？　そんなもの、さっき話していたことが全てです」

「この嘘つきめ。他にいい縁談が来たんだろう!?　だから結婚を取りやめるなんて考えが浮かんだんだ……！」

フレッドの剣幕につられるようにして、クレアも目を尖らせる。

「私を嘘つきだとおっしゃるの!?」

「ああ、そうだ。だいたいドレスの色選びで妙な勘繰りをして、君はなんて愚かなんだ！」

「愚かですって!?　私のことをそう思っていたのですか!?」

「ああ、そうだ！　愚かだから浮気なんてするんだ！」

「浮気なんてしません！　言っておきますけれどね、フレッド様もいつもいつも空気も読まず英雄将軍英雄将軍って、馬鹿みたいですよ！」

と、二人は喧嘩を始めてしまった。

エリーゼは、ふうとため息を吐き出した。

そして言い合う二人の横で、こっそりと携帯用の万年筆を取り出すと、自分の両手に文字を書く。

それからエリーゼはまずクレアの方に足を向けた。

「クレア様、落ち着いてください」

そう言って、フレッドとの間に割って入り、クレアと向き合う形で両手を広げてみせる。

落ち着いてのジェスチャーだ。

クレアがハッとしたような顔をした。

それを認めてから、エリーゼはフレッドの方に振り返る。

「フレッド様、一旦、ご結婚はあきらめたらいかがですか？」

エリーゼがそう言うと、先ほどまでクレアと口喧嘩をしていたフレッドは怯んだように目を見開く。

「いや、だが……」

と渋るフレッドに、エリーゼは口角を上げながらフレッドの方へと身体を寄せた。

「クレア様ではなく、私などいかがでしょうか？」

そう言って、いきなり距離を詰めてきたエリーゼをフレッドが怪訝そうに見る。そのままエリーゼは追い打ちをかけるように口を開いた。

「クレア様は、愚かで、平気で浮気をするような女なのでしょう？　さっきフレッド様だって、そう言ってました」

「あ、いや、それは……」

戸惑うフレッドに追い打ちをかけるようにエリーゼは言葉を重ねる。

「クレア様って、えーっと、ほら、空に浮かぶ雲より呑気そうだし、亀みたいにノロマだし、下水道のヘドロよりも臭そうで、道端に吐き捨てた唾みたいだし、腐ったリンゴみたいなところもあるし、子供に嫌われがちな緑の野菜的な」

と、視線はずっとフレッドに注いだままそう口にする。

他にどんな悪口があるかしら、などと思いながらつらつらと適当に悪態を並べ立てていると、呆然としていたフレッドの顔が真っ赤になって震え出した。

そしてカッと目を見開く。その変化をすぐに察知したエリーゼは、痛みに備えて目を瞑っていた。

「俺の愛するクレアのことを悪く言うな！　クレアは優しくって賢くって情が深い……俺なんかにはもったいない最高の人だ！」

パシンと、平手打ちの音が響く。フレッドが打ったのだ。

エリーゼはその痛みに備えていたわけだが、しかし痛みはなかった。

不思議に思って目を開けると、顔を横に背けたサイラスが見えた。どうやら、エリーゼを庇って打たれたらしい。打たれた左頬が少しだけ赤い。

平手打ちを繰り出した本人のフレッドも驚きで固まっていた。

「サイラス！　あなた何をやって……！」

驚いて思わずエリーゼはそう声をあげた。

サイラスはやれやれと言ったふうに顔を上げて体勢を整えると。軽くエリーゼを振り返ってジトッと睨みつける。

「あなたが打たれると分かっていてそのままにするわけないでしょう。……あと、悪口のセンスがなさすぎます」

サイラスの言いように、エリーゼは腹が立った。あんなに悪口をひねり出したのは初めてなのだ。すごく頑張った。

「センスがない!?　そんなはずないわよ！　フレッド様だってちゃんと狙い通り怒ったでしょ!?」

エリーゼがそう言うと、フレッドが、「狙い？」と小さく呟いた。

「それはフレッド様が単純な方だったからで……」

と呆れた調子でエリーゼに言葉を返したのはサイラス。

「違うわ。私の考えた悪口が最高だったからで……」

「あ、あの、さっきからなんの話を……」

サイラスとエリーゼで言い合いをしていたら、フレッドが怪訝そうに話に割って入ってきた。

　エリーゼは一旦サイラスとの言い合いをやめて、目を見合わせる。

　どこから説明したものか、などと思っていると、フレッドの腕にクレアが手を添えた。

「フレッド様、先ほどの言葉は、リーゼさんがわざとおっしゃっただけのもので、嘘の言葉だったのです」

「え？　嘘？　え、どういう……クレアはどうしてそれが嘘だと？」

　フレッドが戸惑いがちにそう言うと、クレアがエリーゼの手に視線を向けた。

　エリーゼは、その視線に応えて右の手のひらをフレッドに向ける。

　そこには『私の言葉は、真実ではありません』と書かれていた。

　フレッドとクレアが喧嘩をしている時にエリーゼが自分の手のひらに書いたものだ。

　これをクレアにだけ見せて、そしてクレアの悪口を口にした。

　何も知らないフレッドだけがエリーゼの言葉を真に受けて怒った、という流れ。

「正直、リーゼ会長の悪口のセンスがなさすぎて上手くいかないかと思いましたが……運が良かったですね」

　サイラスが疲れた顔でそんなことを言うので、エリーゼはキッと睨みつけて黙らせる。

「や、しかし、どうして、そんな……わざわざ俺を怒らせて……？」

　とまだ状況を飲み込めないフレッドが眉根を寄せてエリーゼを見る。

「素直になっていただきたかったからです」

エリーゼがそう言うと、フレッドはハッとしたように目を見開いた。

「フレッド様はご自身のさまざまな感情に囚われて、素直になれないでいましたから、しがらみを押し流したく、わざと怒らせました」

フレッドが怒ったのは、クレアを悪く言われたからだ。口では色々と言ってはいても、その相手の悪口を聞いて怒ってしまうほどには、気持ちがあるということ。

「それに、それぐらい強い言葉でないと、フレッド様以上に素直になれないクレア様にも響かないと思いまして」

エリーゼはそう続けて、今度は、フレッドの隣にいるクレアを見る。

クレアも目を見開いた。

「私……私は……」

戸惑いがちにクレアがそう口にするが、なんと言えばいいか分からないのか、言葉が続かない様子だ。

「どうでもいいと思っている相手を悪く言われて、怒るような方はいませんよ」

エリーゼはそうクレアに語り掛けて、先ほどのエリーゼに怒ったフレッドを思い出させる。

どうでもいいと思っているのなら、悪口を言われたからといって怒りは湧かない。

クレアがそっとフレッドに視線を移す。フレッドはそんなクレアの両肩に手を置いた。

「申し訳ない、クレア。君が不安を感じていることを察してあげられなかった。けど、俺はクレアが待っていてくれて、本当に嬉しかったんだ」

　フレッドの言葉に、クレアの瞳が潤む。

「フレッド様……私、私こそ、ごめんなさい。フレッド様のお気持ちを勝手に決めつけてしまいました。少し前に嫌な話を耳にして、不安になってしまって……」

「嫌な話？」

　疑問に思ってエリーゼが尋ねるとクレアが口を開いた。

「ええ、ご存じありませんか？　戦の間、ずっと婚約者を待っていたご令嬢に、戦から戻ってきた婚約者がもっと若い女がいいと言って婚約破棄を突き付けた、という話です。そのご令嬢はあまりの辛さに家を出て行方知れずらしく。私、その話を聞いて、恐ろしくなってしまって……。噂に振り回されて、私って本当に愚かですね」

　と目を伏せる。

（ちょっと待って、その話、私のことじゃない？）

　思わずエリーゼの眉根が寄る。クレアが、ドレスの色選びなどで不安になった大きな原因は、どこかから漏れたエリーゼの身の上話のせいらしい。

　エリーゼが内心申し訳ない気分でいると、フレッドがふふと笑った。

「なら、俺も一緒だ。戦を終えて帰ってみたら婚約者は他の男と結婚して子供まで作っていた、とかいう話ばかり聞いて不安になっていた。だから、クレアが結婚を取りやめたいと言った時、君の不貞を一番に疑ってしまった」

そう言って、素直に気持ちを示すフレッドにクレアもやっと顔がほころんだ。

エリーゼも一緒になって微笑ましい気持ちで二人を見つめる。

八年という月日は、愛し合う若い男女にはあまりに長い期間なのだとエリーゼは改めて思った。

些細な噂一つで不安になってしまう気持ちが、エリーゼには痛いほど分かる。

「フレッド様……。私、自惚れても良いのでしょうか……。フレッド様は私との結婚を心から望んでいると」

「当たり前だ。自惚れでもなんでもなく、それは真実だよ」

そうフレッドが言うと、クレアの前に跪いた。そして優しくクレアの手を取る。

「結婚してくれないか、クレア」

改まってのプロポーズに、クレアの目じりに涙が浮かぶ。クレアはそれを拭ってから口を開いた。

「もちろんです。お慕いしておりますフレッド様」

クレアの言葉に笑顔をこぼしたフレッドは立ち上がると、そのまま二人は抱きしめ合った。

似合いの二人だと微笑ましく見つめていたエリーゼだったが、しばらくしてその眩しさに耐えかねたように視線を下に逸らした。

クレアとフレッド、二人を見ているとどうしようもなく比べてしまう。

幼い頃に交わした婚約。しかし戦で引き裂かれて結婚は延期。自分と境遇が似ているのだ。

（違うのはその結末ね。私は捨てられたけれど、彼女はちゃんと結ばれた）

エリーゼは、改めて顔をあげて憧れとともにクレアを見た。もしかしたら、自分も彼らのようになれていたかもしれない。そんな、もう訪れるはずのない未来を思い描きながら。

アステリア王城の離れにある王族居住区。その円柱状の建物の三階が、王女であるヴィクトリアの部屋にあたる。

部屋の中は薔薇柄の絨毯に、銀で薔薇を描いたアイボリー色の壁、もちろんカーテンやベッドのシーツにも薔薇の絵柄が並ぶ。

これら全て、薔薇のような華やかな美女と名高いヴィクトリアのために用意されたものだ。

その部屋のベッドの上で膝を抱えて座り込んだヴィクトリアは、物思いにふけっていた。

彼女が愛するアルベルト将軍の様子が、おかしい。

二か月弱ほど前、なかなか王都に帰ってこないアルベルト将軍のことを心配して、捜索を始めた。するとグレイ伯爵家からアルベルト将軍の所在についての連絡が入る。

その連絡を頼りに、エイバレン領内をしらみつぶしに捜して、やっと将軍を見つけたのだ。

見つけた時の将軍は、怪我などはないものの憔悴しきった様子で、なんとか王城まで連れ帰ることができた。

その時までは、良かった。

やっと将軍が帰ってきてくれた。少し休めばまた元通りになる。そう思い、少し先の将軍との未来を思って舞い上がってもいた。

だが、あれからずっと将軍の様子はおかしいまま。

毎日、ベッドの上でぼーっとして過ごしており、感情が抜け落ちたかのように反応が鈍い。食事についても出されたものを食べはするが、ただ黙々と作業のように口にするだけ。ヴィクトリアのことも認識できているのかどうなのか、それさえも怪しく、当然会話らしい会話もない。

将軍が側にいてくれるだけで嬉しかったのは最初のうちだけ。

いつになったら以前のような彼に戻るのかと、今では焦りばかりが募っている。

だって、ヴィクトリアが愛したアルベルト将軍はこんな人ではない。

誰よりも強くて、美しくて、逞しくて、颯爽と現れては助けてくれる。ヴィクトリアのことも、何度も守ってくれた。寡黙でいつも穏やかな笑みを浮かべている彼。けれども敵兵の前では味方でも震え上がるほどに恐ろしい眼差しで。そのギャップも魅力的に見えた。

将軍と両想いだと、彼の親友であるセバスから聞かされた時、どれほど喜んだことだろう。

それなのに。今はもうあの頃とは別人のようになってしまった。

(私が好きになったのは、あんな彼じゃない。どうしてこうなってしまったの……)

ヴィクトリアが思わず眉間に皺を寄せると。

「ロースティーはいかがですか」

そう声をかけられた。ふっと顔をあげれば、いつもの侍女が側にいる。

彼女はクレア。古株の侍女だ。

気落ちした様子のヴィクトリアに気づいてそう声をかけてくれたのだろう。

「ありがとう、お願いするわ」

ヴィクトリアがそう言うと、クレアは嬉しそうにお茶の準備を始める。

手際よく茶器をセットする彼女を見るともなしに見ていると、指に光るものがあって思わず声をかけた。

「……あなた、その指輪、以前もつけていたかしら」

ヴィクトリアがそう尋ねると、少し目を見開いたクレアが、指輪を見てうっとりとした表情を作った。

「こちらは夫からもらった結婚指輪です。実は先日、結婚式を挙げまして」

クレアの言葉に、ヴィクトリアはクレアから結婚式があるので少しの間お暇するという話を聞いたことを思い出す。

「そう、結婚。……いいわね」

ヴィクトリアは、クレアの表情を見ながらそう言った。あまりにも幸せそうだったのだ。

「ヴィクトリア様も、もう素敵な人がいらっしゃいます。ご結婚ももうすぐではありませんか」

クレアの何の含みもないその言葉を聞いて、わずかに胸に痛みが走った。

ヴィクトリアは確かに式の準備を進めている。

セバスの話によれば、将軍は時折目を覚ましては『ヴィクトリアと早く結婚式を挙げたい』と言っているようなのだ。

式さえ挙げれば、アルベルトが以前のような彼に戻るかもしれない。そんな、根拠のない希望にすがっていた。

「ええ、そうね。でも……結婚式の段取りを謙虚な魔女商会に任せようと思っていたのに、断られてしまったものだから」

ヴィクトリアは結婚式の準備が想定よりも進んでいない理由の一つを口にした。

クレアは不満そうに唇を尖らせると口を開く。

「まあ、断るなんて。王女殿下に対して礼を欠いています」

「……でも、かの商会の影響力は計り知れないわ。王族の私でも、無理を押し通せない相手よ。現に、謙虚な魔女商会が手を回したのか、他のめぼしい商会も結婚式の依頼を受けてくれないのよ」

謙虚な魔女商会は、不思議な商会だ。謎に包まれた影の魔女王と呼ばれる商会長は、まるで未来が見えているかのように次々と流行を作っていく。

ヴィクトリアが密かに尊敬し、憧れている女性の一人だ。

そんな彼女が、ヴィクトリアの結婚式を受けてくれない。そのことが、思いの外心に重くのしかかる。

影の魔女王が見つめる未来には、ヴィクトリアとアルベルトの破局が見えているのではないか。

「あの、ヴィクトリア様。もし宜しければですが、私、とても良いお式を提供してくださる商会を知っていて……ブルーベル商会というのですが」

クレアが遠慮がちにそう言ってきた。

「ブルーベル商会？」

ブルーベルという言葉を聞いて、ふとヴィクトリアが以前婚約破棄を突き付けた子爵令嬢のことを思い出した。

正直に言えば、顔はよく覚えていない。

パッと見た感じ、地味で、特筆する部分もなさそうな人に見えて、顔を覚えようだなんて思えなかった。こんなつまらなそうな人に縛られて将軍が可哀そう、などと不遜なことを考えてもいた。

「実は私の結婚式をまとめてくださったのがその商会で、本当に良くしてもらいました。確か、アルベルト将軍閣下はブルーベルの花がお好きなのですよね？」

「ええ、そうよ。彼はブルーベルが好きみたいで、そう、ブルーベル……」

アルベルトとは、戦中に手紙を通して仲を深め合った。その時、ブルーベルの花が好きなのだと知った。

（彼の好きなブルーベルの花をあしらった結婚式にすれば、もしかしたら……）

以前の彼に戻るかもしれない。

ヴィクトリアは、また根拠のない希望にすがろうとしていた。

第三章

ブルーベル商会の執務室で、エリーゼは思わず顔を引き攣らせた。

「これは……」

手に持っているのは今朝がたブルーベル商会に届いた仕事の依頼書だ。

どうしたものかと天を仰いでから、依頼書を雑に机に置く。

それを、サイラスがひょいと拾い上げてちらりと見ると、こちらも顔をしかめる。

「断りましょう」

吐き捨てるようにサイラスがそう言った。

この依頼書に書かれている内容は……。

「アルベルト将軍と王女様の結婚式かぁ……」

ため息とともに依頼書に書かれたことをエリーゼは口にした。

王城からの依頼は、王女と英雄の結婚式の総指揮をブルーベル商会にしてもらいたいという内容だった。

どうして自分を捨てた男と、その男を奪った女の結婚式を企画しなくてはならないのか。

最初読んだ時は目眩(めまい)がしそうではあった。だが……。

（……仕事としては、正直、悪くない）

むしろ、こんな新興商会に王城からの依頼が来るなんて奇跡に近い。一度でも国の依頼を受けられれば、王室御用達を名乗れる。そうなれば、続々と他の貴族からも依頼が舞い込むのは想像にかたくない。

「……けれど、どうしてうちに？　普通に考えてこんな実績もない新興商会に任せるなんておかしい……」

エリーゼはコーンエリス子爵令嬢であることを隠し、リーゼという名で商会活動を行っている。当然、王女も、アルベルトだってブルーベル商会の会長がエリーゼだとは知らないはずだ。

それが何故……。そう考えていると、ハッと思い出した。

「そういえば……オリヴィアさんが、王城からの依頼が来たけど断ったとかなんとか言ってたわね」

口元に手を置いてそうこぼすと、少し前にオリヴィアが遊びに来た時のことを思い出す。

王城の依頼を蹴ってやったわ！　と忌々しげに話していた。未だにオリヴィアは、エリーゼの婚約者を略奪したヴィクトリア王女のことを良く思っていないらしい。王城からの依頼は今後はもう受けないのだとか。

王城からの依頼を断るなんて、さすが大商会ね、なんて軽く考えていたのだが。

（謙虚な魔女商会に断られたから、こっちに来たのかしら？　それとも……）

と考えて、先日無事に結婚式を開くことができたクレアのことを思い出す。彼女は王女付きの侍女ではなかっただろうか。侍女ともなれば王女と直接言葉を交わすこともある。

もし、ブルーベル商会のことを話していたとしたら……？


「一応、裏を取りましょう。今回の依頼の経緯を確認しなければ」

エリーゼがそう言うと、サイラスの眉間に皺が寄った。

「まさかこの依頼、受けるおつもりですか？」

どこか呆れている風のサイラスに目を向けるのが怖くて、エリーゼは顔を背けた。

「そうよ。だって、すごくいい話でしょう？　この依頼を成功させれば一躍王室御用達よ」

「それはそうですが……」

と、納得がいかない、と言いたげにサイラスがこぼす。

それでも、エリーゼの気持ちは変わらない。

アルベルトと婚約破棄をしてから、すでに二か月は過ぎた。

この依頼は受けるべきだ。商人であるならば、なおさら。

そう思って、改めて城から送られた依頼書をエリーゼは眺めた。


王城からの依頼に何か裏があるのかどうか、念のため調べた。

だが、特にやましい理由は見つからなかった。エリーゼが思う以上に、結婚式開催の依頼を受けてくれる商会が見つからなかっただけのようだった。

　というのも、もともと謙虚な魔女商会に依頼をしたようだが、そこに断られた。加えて、依頼を蹴ったオリヴィアは、嫌がらせのように他の商会に声をかけて王族からのその結婚式の依頼を受けないように手を回したらしい。

　城側が途方に暮れたところで、ブルーベル商会の話を聞き、新興商会なら受けてもらえるのではと依頼が回ってきたとか。

「なあに？　あなた、王城からの依頼、受けちゃったの？」

　商会にやってきたオリヴィアに、エリーゼが王城からの依頼の話を受けたことを打ち明けたら、呆れたようにそう言われた。

「受けましたけど」

　何か、文句あります？　という気持ちでジトッとした視線を送ってみた。が、オリヴィアは怯む様子もなく首を横に振った。

「もうほんと、呆れた！　自分を捨てた男の結婚式の手伝いなんて、よくもやろうと思えたわね!?」

「商会としては、悪い話ではないし……だいたい、オリヴィアさんが断った上に嫌がらせをするから、私のところにまで仕事が回ってきたわけで……」

「普通なら断ると思ったから何も言わなかったのよ！」

　と不満そうにオリヴィアはこぼす。この話を続けていると、ずっとぐちぐち言われそうだと判断したエリーゼは本題に入ることにした。

「それで、さすがに今のブルーベル商会の人員では王族の結婚式を取り仕切るには心許なくて、人を借りたいと思ってて」

「ふーん、まあ、そうなるわよね。でも、それなら私が……受け直しても良いわよ？」

先ほどまでは憮然とした態度だったオリヴィアだったが、気遣うようにそう言った。

オリヴィアは、なんだかんだ言ってもいつもエリーゼに親身だ。

もしかしたら、エリーゼがその依頼を受けた責任を感じてしまったのかもしれない。自分が、依頼を断ったからだと。

エリーゼはそんなオリヴィアにくすりと微笑んでから首を横に振った。

「ちょっと、私の仕事を横取りするのはやめて」

エリーゼがそう言うと、オリヴィアは目を見開いて、それから笑った。

「そう、なるほどね。あくまで仕事。いいわ、それなら、私も手伝う。それで？　どれぐらい人手を借りたいの？　あなたのためならいくらでも」

と言ってオリヴィアは片目を瞑ってみせた。

「ありがとう。本当に助かる。詳しいことは、また後日連絡するわ……城側の担当者との話し合いはこれからで。規模を聞いてから必要なものを伝えるから、その後見積もりをお願い」

「へえ、話し合いはまだなの。というか、大丈夫？　あなた、英雄将軍とは顔見知りだし、王女様とも婚約破棄の時に顔を合わせているんでしょう？　顔を出したらバレない？　それとも代理を立てて進めるの？」

オリヴィアは子爵令嬢であることを隠して商人になっている。そのことを懸念したのだろう。エリーゼは大丈夫、と言いたげに肩をすくめてみせた。

「事前の打ち合わせ対応は私がするつもり。でも大丈夫。話し合いは基本的に、このブルーベル商会の応接間でするし、どうせ向こうが代理人を立てるでしょうし」

フレッドとクレアの場合は確かに本人達が直接来たが、それは稀だ。王族ともなれば、直接出向かずに代理人を立てて進めるのが普通だろう。

「ま、それもそうね。じゃあ詳しいことが決まったら、連絡して。それと……やっぱり辛くなったら、投げ出しても良いからね」

そう言ってオリヴィアが軽やかにウィンクをした。

エリーゼは笑って、大丈夫と朗らかに言ってみせたわけだが……。

オリヴィアとのそのやりとりから三日ほど。結婚式の初めての打ち合わせで、担当者がエリーゼの商会に来る日となり、エリーゼは大丈夫と軽く言ってしまった自分を悔いた。

（な、なんでこんなところに王女様が!?）

玄関で出迎えていたエリーゼは思わず目を見開いた。

ブルーベル商会にやってきたのは、王女と護衛と思しき一団だった。

チェインメイルを着た兵士数名を引きつれるようにしているのは、真っ赤なドレスを着た女性。その姿を忘れるわけがない、間違いなくヴィクトリア王女だ。

エリーゼが、今回の依頼を受けるにあたってあげた条件の一つは、打ち合わせは基本的にブルーベル商会の拠点で行うこと。

王女やアルベルトといった、エリーゼの顔を知る人物と鉢合わせる可能性がある王城には出向きたくなかったので、その条件をあげた。

そしてブルーベル商会の拠点は、王都から少し離れた場所にある。

さすがにこんなところにまで王女やアルベルトが来るわけはないと、たかを括っていた。だと言うのに、まさかの、王女本人のご登場だ。アルベルトはいないようだが……。

エリーゼは彼女の姿を認めて慌てて顔を伏せる。

一応いつも通りの変装はしている。ひっつめた髪に、地味な丸眼鏡。化粧もしているし、今までエリーゼの素性がバレたことはない。

とはいえ、絶対に大丈夫だという保証もない。

(どうしよう。私だと気づかれたら……)

そうなれば、今回の商談は破棄になる。結婚相手の元婚約者に大事な結婚式を任せるわけがない。

と考えて、エリーゼは少しだけ冷静になってきた。

(……それならそれで、いいじゃない)

グッと拳を握る。

破棄になるならなればいい。別に、どうしてもアルベルトと王女の結婚式を手伝いたいわけではない。

やらないならやらないで、エリーゼとしては平穏な気持ちでいられる。

コツコツというハイヒールを踏み鳴らす音が聞こえてきて、エリーゼはわずかに顔をあげた。

エリーゼの視界に、鮮烈なほどに真っ赤なドレスが映った。

薄い生地を薔薇のようにかたちづくり、それをドレスにところせましと縫い付けている。

まるで夜会用のドレスのような華やかさだ。エリーゼには似合いそうにない華美なドレスを、ヴィクトリア王女はその美貌でしっかりと着こなしていた。

「ふーん、なかなか綺麗なところね。それで、あなたがここの商会長？」

高飛車な声。当然ながら、以前聞いた声と同じ。

あの時のことを思い出しそうになって、エリーゼは唇を噛んだ。

しかし、問いかけられている。何か答えなければならない。

それに何より、怯えたような態度で、この人の前にいたくない。

「ええ、私がブルーベル商会の会長、リーゼです」

エリーゼはそう言って、王女と視線を合わせた。

陽の光のせいか、それとも華やかな王女の美しさのせいか、眩しく感じたエリーゼは思わず目を細める。

金色の髪、陶器のような肌、ぷっくりと柔らかそうな紅の唇。

あの時同様に、圧倒されるような美しさを持つ王女の姿があった。

が、エリーゼは王女の目の下を見て、少しだけ目を見張った。

化粧で隠そうとしたようだが、それでもうっすらと目の下の隈が見える。

(……少し、やつれた……?)

「そう、あなたが。よろしくね。それで、どこに行けばいいのかしら?」

王女はそう言って、屋敷の中を見回している。

これから式の打ち合わせをする部屋はどこだと言っているのだろう。

その王女の言葉に、エリーゼはさらに目を見開いた。

(もしかして……私のことに、気づいていない?)

多少の変装をしているとはいえ、衝撃だった。

エリーゼは、おそらく一生この王女の顔を忘れられないだろうと思っていたのに、王女はそうではないのだ。

貼り付けた笑みが引き攣る。

どんな顔をすれば良いのか分からない。

「何? どうしてぼさっとしているの? まさかこのまま立ち話というわけではないでしょう?」

不機嫌そうな王女の言葉に、エリーゼはハッと姿勢を正す。

（しっかりしなさい、エリーゼ。むしろラッキーじゃない。そうよ……運がいいわ）

そう言い聞かせて、ゆっくりと口の中に溜まった唾を飲み込んでから口を開いた。

「大変失礼いたしました。王女様があまりにもお美しくて圧倒されてしまいました。お部屋をご用意しております。どうぞこちらへ。ソフィア、案内をして。私はお茶を用意してから参ります」

心配そうな顔をしていたソフィアにそう言うと、ソフィアは頷いて王女らの案内役を引き受けてくれた。

エリーゼは、奥に向かう王女の背中を見つめた。

（そうよね。大事に育てられた花が、勝手に地面に生えてくる小さな雑草のことなんて覚えているわけないわ）

自分が咲き誇るために邪魔だった雑草のことなど、覚えているわけがないのだ。

そんなことを思っていると、王女の背中についていこうとしている執事姿の男を見て、エリーゼは目を見開いた。

王女がコーンエリス子爵邸に来た時、一緒にいたセバスという執事だ。

彼には顔を覚えられているかもしれない。そう思った時に、目が合ってしまった。

セバスはエリーゼと目が合うと、立ち止まる。

「おや、私の顔に何かついていますか？」

「あ、いえ、そういうわけでは」

「……ふふ、なるほど。分かっていますよ。あなたの隠しごとを」

セバスがそう言って、王女が向かった方角ではなく、エリーゼに近づく。そして動揺しているエリーゼを壁際に追い詰めたセバスは、エリーゼの逃げ場を奪うかのように壁に手を置いた。

「お見通しですよ。あなたが胸の奥に隠した……私への恋心はね」

セバスは得意げにそう言って、ウィンクをした。

「え、こ、恋……？」

予想外の単語が出てきて、エリーゼは弱々しくそう繰り返した。

「あなたのその熱い眼差しに、この私が気づかないとでも？　ですが、申し訳ない。あなたの気持ちには応えられない。今はまだね」

とセバスは思わせぶりに言った。呆然としていたエリーゼは、思わず口を開く。

「あの、私に見覚え、ありませんか？」

エリーゼの質問に、セバスはわずかに目を細めると、鼻で笑った。

「そんな古典的な手法で気を引こうとは、可愛い方だ。では、レディ、王女のために良い結婚式にしましょう！」

軽やかにセバスはそう言ってウィンクを放つと王女の後を追いかけて行った。

どうやら、気づかれずに済んでいるらしい。それはいいのだが。

（なんだか、勝手にフラれた感じになってない？）

何とも言えない複雑な気持ちが湧いてくるエリーゼだった。

王女様とセバスという名の執事、そしてエリーゼはブルーベル商会の客間で、改めて挨拶を交わした。

念のため確認したところによると、これからの打ち合わせも全て王女と、今も付き添っている執事のセバスで行う予定だそうだ。

セバスという男は、エリーゼの目にはあまり信用できそうになく見えるのだが、王女はすっかり信頼を寄せているようだった。その信頼を寄せている理由の一つが。

「実はですね、私はこう見えて！　あのッ！　アルベルト大将軍の大親友的な存在でして」

セバスが鼻にかかったような声で得意げにそう語ってきたので、エリーゼは目を丸くさせた。

「あなたが、アル、ベルト将軍の親友……!?」

八年前のアルベルトは人見知りだったのもあるが、あまりこういうタイプの友人はいなかった。八年の間に、女性の趣味だけでなく友人の趣味も変わったのだろうか。

「おや？　信じていらっしゃらないようですね？　言っておきますが、王女とアルベルトの仲をつないだのは、何を隠そう、この！　私でして」

にっこりと笑みを浮かべてセバスはそう言い切った。横にいる王女もうんうんと頷いている。セバスとアルベルトが親友であることは、どうやら王女も公認らしい。

「は、はあ。そうなのですね。……では、早速、結婚式の内容について話し合いましょうか」

何と答えればいいのか分からなくなったエリーゼは、そう切り出して本題に入ることにした。そもそも結婚式の打ち合わせに必要な話でもない。

「式のことですね。こちらをご覧ください」

そう言ってセバスはなかなかの分厚さの紙の束をテーブルの上に置いた。

エリーゼは一言断ってからその書類に目を通す。

そこには、王女とアルベルトの結婚式のあらましのほとんどが書かれていた。

「これは……もうほとんど具体的なことは決めていらっしゃるのですね」

書類に目を通しながら、そう驚嘆の声を漏らす。

(これだけ希望がまとまっているのなら、ありがたいわ。実現可能かどうか判断すればいいだけだし……あれ、でもこれ)

しかしあるところで、エリーゼは思わず読むのをやめた。

「こちらに、結婚式には先の戦争で武勲をあげた兵士達全てが参加するというようなことが書かれているのですが、本当ですか？」

戸惑いながら、エリーゼは尋ねる。

先の戦は八年も行われた。

その間、戦の士気を高めるために小さな武功にも勲章を与えていた。それは最初の頃こそ士気を高めるという意味で功を奏したが、最後の方は『三度の飯よりもらえる勲章』などと揶揄されるようになり、あまり意味をなさなくなった。

つまり、先の戦争で勲章をもらった兵士というのは、アステリア王国の兵士のほとんど全てを意味する。

エリーゼの戸惑いをふんだんに含んだ疑問に、セバスは笑顔で応じた。

「はい。全てです。とはいえ、王城に全員を受け入れる広さはありませんので、王都を巡るパレードにご参加いただくだけになるかと」

セバスがそう答える。

つまり、披露宴には呼ばないが、王都に勲章持ちを呼び出してパレードをやらせるつもりらしい。

しかしそうだとしてもなかなかに難しい話だ。

「王女様、勲章持ちの兵士を集めてパレードをしたいというのは、王女様のご意思でしょうか」

エリーゼが思い切ってそう尋ねると、王女が驚いたようにこちらを見た。訊かれると思わなかったらしい。

しかし戸惑ったように見えたのは一瞬で、すぐに口を開いた。

「ええ、そうよ。私とアルベルト将軍の希望です。兵士達は、私達にとっては戦友だもの」

戦友。その言葉は確かに腑に落ちた。

二人にとって、兵士というのは一緒に戦った仲間だ。

自分の結婚式に何かしらの形で関わってほしいと思うのは、当然なのかもしれない。

だが、気がかりはある。

「しかし、勲章持ちの兵士はたくさんいますし、地方出身の方もいるかと。地方の出身者も呼び寄せるつもりでしょうか？」

「もちろんよ。みんな等しく、私とアルベルト将軍の仲間。むしろ呼ばれなかったら悲しむわ」

王女はそうはっきりと言った。兵士達の全てが王女と英雄の結婚を祝福したいのだと、本気で信じている顔。

「なるほど……しかしそうなると、国の守りが弱くなりませんか？」

エリーゼは一番の懸念点を伝えた。

勲章持ちの兵士は多い。その兵士を全て王都に集めるとなれば、当然地方の守りが手薄になる。

戦争は終わったばかりだ。しかも相手の国は降伏こそすれどこか余力を残した状態。

隙を見つけて、また戦を始めかねない薄気味悪さがある。

「問題ありませんよ。何せこちらにはアルベルト大将軍がいる！　彼がいればどんな国にも負けません」

そう言葉を発したのは、王女、ではなくその付き添いの執事セバスだ。

「ですが……」

「先ほど私に相手にされなかったことを根に持っているのですか？」

とエリーゼがなおも否定の言葉を吐こうとするのを遮るようにセバスはそう言った。

その言葉にエリーゼが反応できないでいると、セバスはエリーゼの後ろに回り込み顔を耳元に寄せる。

「あなたが素直に、私の言うことに全力を尽くしてくれるなら、あなたとの仲を考えないこともないのですよ？」

セバスはそう囁いた。

思わずエリーゼの全身に鳥肌が立つ。

（もしかして、さっき、恋だのなんだの言っていたのって、私を籠絡（ろうらく）して使いやすくするため!?）

まさかのハニートラップらしい。

全身から漏れ出しそうな不快感をどうにか抑え込んでからエリーゼは笑みを浮かべた。

「それは、その、間に合っていますので」

と小さく答えた。

「は、強情な方だ」

セバスはムッとしながらそう言うと、不快感もあらわに口を開く。

「しかし、結婚式に兵士らを集めるのは、王女も、国王陛下もご納得されていることです。一介の商人が口を出すことではないと思いますが」

セバスはハニトラが通用しないとなると、あからさまに態度を変えてきた。それは別に構わないのだが、彼の話した内容は捨て置けない。

「陛下まで、その案に賛成されたというのですか!?」

それはさすがに何かの間違いだと思いたい。明らかに国防に穴を開けてしまうことになるというのに、どうして。

だが、王女も首を縦に振った。

「だって、我々は、あのデルエル帝国を打ち破ったのよ？　何を恐れることがあると言うの」

王女の自信に満ちた顔を見て、エリーゼは気づいてしまった。

勝てるはずがないと言われたデルエル帝国に勝利したことで、王城の者達は驕ってしまっているのかもしれない。周りが見えていない。

「あなたはただ、王女殿下のために、王女殿下が望む結婚式のことだけを考えていただければいいのです」

セバスがエリーゼにそう言うと、王女も口を開いた。

「そうね。アルベルト将軍がお喜びになるような素敵な結婚式を開いてくれれば、それでいいわ」

王女はそれだけ言うと、自分の爪を指で撫で始めた。もうこれで話し合いは終わり、そう言われた気がした。

「……かしこまりました。では、そのようにいたします」

冷めた気持ちを抱えたまま、口先だけでエリーゼはそう答える。

その後は、淡々と打ち合わせが進んだ。必要な人員、出す料理を何にするか、ドレス、招待状……式の中心である新婦の王女がその場にいるのに、まるでいないかのようにセバスとの間だけで話が進んでいく。

ある程度話が進み、終わりの時間が見えた頃、

「……ねえ、聞いたのだけど、ここはブルーベルの花をモチーフにした小道具が多いのですってね？」

そう、王女が気怠そうに爪をいじりながら言葉を発した。

先ほどまでセバスとばかり話していたためすっかり存在を忘れていた王女が、突然言葉を発したので思わずエリーゼは目を見開く。

「……ドレスはできる限りブルーベルの花をモチーフにしたものがいいわ。会場の内装も」

王女は顔をあげて、はっきりとそう口にする。エリーゼは、すぐに反応できなかった。

それは先ほどまで無関心だった王女が突然話に入ってきた驚き、というよりもブルーベルという単語のせいかもしれない。

ブルーベルは、アルベルトとエリーゼにとって特別な花。

「薔薇モチーフにする予定で計画しておりましたが……」

そう口を挟んだのはセバスの方だった。

ヴィクトリア王女は、薔薇の女神という二つ名があるほどに薔薇好きだと聞いたことがある。

髪飾りもドレスも、薔薇モチーフのものばかりで、戦へ行った時に帯剣した剣の柄にも薔薇の花が彫られているという噂だ。

だから、セバスが用意した計画書に新婦のドレスは薔薇をモチーフにしたもので、と書かれたのを見た時も、当然そうだろうと思ったので疑問を抱かなかった。

「ブルーベルに変えて」

王女はそれだけ言うと、また顔を下に向ける。手首につけている薔薇の花が象られた金の腕輪を触り始めた。

「まあ、王女殿下がそこまで仰せになるのでしたらそのようにいたしましょう。リーゼさん、モチーフは薔薇からブルーベルに変更でお願いします」

セバスがどうでも良さそうにそう言った。

彼にとっては王女の気が変わっただけのことで、大したことではないのだろう。

だがエリーゼにとってはそうではない。

「……どうしてですか？」

相手を責めるような口調にならないように気をつけながら、尋ねる。

尋ね返されるとは思っていなかったのか、腕輪をいじる王女の動きが止まった。

そして、睨みつけるようにエリーゼに視線を寄こす。

「好きだからよ」

と、明らかに嘘と分かる表情で、王女は答えた。


王女と将軍の結婚式の準備に忙しい日々を送っていたある日、ブルーベル商会にオリヴィアがやってきたという知らせが急に届いた。

彼女は時折顔を出してくれるが、どんな時でも前触れは出してくれるので急な訪問は珍しい。

何か大事な話があるに違いない。

エリーゼはそう思って、気を引き締めつつ商会の応接間に入る。

するといつも通りのド派手な格好でソファに座るオリヴィアがいた。

エリーゼに気づくと、パッと華やぐような笑顔を見せる。

だが、エリーゼが彼女の向かいの席に座った時には、オリヴィアの顔が真剣そのものになっており、慎重な様子で口を開いた。

「この前、人手を集めるために求人を募集したら、一部の人達が面倒な男を一人差し出してきたって話したでしょう？」

とオリヴィアに言われて、あのことかとエリーゼは頷いた。

王女の結婚式を開催するにあたって圧倒的に人手が足りない。

そう思ったエリーゼは、オリヴィアが所属する謙虚な魔女商会に泣きついた。

謙虚な魔女商会の名を使って、人員を広く集めようとしたのだ。

目論見通り、たくさんの求職者が国内どころか周辺諸国からもやってきた。

特に、度重なる戦争で疲弊していたデルエル帝国の民の求職者が想像以上に多かった。

だが、デルエル帝国とは少し前まで戦争をしていた間柄。

求職者としてもその自覚があったのだろう。デルエル帝国の求職者代表なるものが、自分達に他意はありません！　と主張せんがばかりにデルエル帝国の将軍を捕らえて連れてきたのだ。

「あれには驚いたわ。嘘でしょ、と思って調べたら、本当に将軍なんだもの」

呆れた調子でエリーゼは答える。

そんなことをせずとも、多少の身辺調査をした上で問題ないと判断したら採用するつもりだったのに。

しかし求職者にとって、『謙虚な魔女商会』での仕事は、それほどのことをしてでも手に入れたいものだったのだろう。

「それでさあ、あの将軍の処遇どうしようかしら、なんて思っていたら、こんなもの見つけちゃって」

　とオリヴィアが疲れた顔で一枚の紙きれをテーブルの上に出した。

『薔薇　菩提樹　黒百合、レッドゼラニウム　アネモネ』

　そう書かれた紙きれに、エリーゼは思わず目を見開いた。

「これって、暗号文？」

「たぶんね。例の将軍の靴底に入ってた。すごく大事なメッセージらしいのだけど、まだ何を書かれているのか分からない。でも嫌な予感がするのよ」

　オリヴィアの話に耳を傾けながら、暗号文の描かれた紙きれを手に取る。

（全部、花の名前……？　これってもしかして……）

「これ、たぶん花言葉じゃないかしら？　菩提樹は、確か結婚とか夫婦の愛という意味。黒百合は、復讐とか、攻撃的な言葉だった気がするわ。そしてレッドゼラニウムは、保護とか守護。アネモネは儚い恋、見放されたとか……」

　エリーゼはそう言いながら新しい紙を手繰り寄せて、花言葉を書き連ねる。

「薔薇は？　薔薇の花言葉は何？」

「薔薇は、花の色で花言葉が変わるのよ。薔薇だけだと……どの花言葉を指すのか……」

　とこぼした時、頭の中に、薔薇モチーフの腕輪が浮かぶ。王女が手首につけていた。

「薔薇は、花言葉ではないのかもしれないわ。薔薇を象徴するような存在……ヴィクトリア王女のことかも」

エリーゼはそう結論付けると、改めて紙に、『王女』と書き足す。

これで、暗号文を花言葉に変換した文章が完成した。

「王女　結婚　復讐、守護　儚い」

「これって……王女の結婚式に乗じて、何かを仕掛けようとしているってこと？」

オリヴィアの言葉に、エリーゼは眉根を寄せた。

王女と将軍の結婚式は、かなり盛大に行われる手筈だ。盛大で、特に国防においては問題点が多い。一番の問題は、有力な騎士や兵士達を王都に集めていることだ。そうなると、当然国境の守りが弱くなる。

（その隙を狙って、隣国が攻めてくる……？　あり得なくはない。でも……）

エリーゼは、色々な可能性を考慮に入れつつ考えていると、

「結婚式の話は断った方が良いと思うわ」

普段よりもずっと低いトーンでオリヴィアがそう言った。

え、とエリーゼは顔をあげる。

「断るって、もしかして王女と将軍の結婚式を？」

「そう。式で何が起きるか分からない。何か悪いことが起こった場合、全てのことをあなたのせいにされるかもしれない」

オリヴィアの指摘はまさにその通りだとも思う。けれど。

「……断るつもりはない。やるわ」

「な、何故よ……」

オリヴィアが怯んだようにそう言った。

「私が依頼を断ったとしても、結婚式はどうせ開かれる。よく分からないところで結婚式が開かれるより、私が対処したい」

「なんで、そんな……！　いいじゃないこんな式！　あなたを捨てた男と、その男を奪った女の式なんてどうなってもいいでしょ!?」

オリヴィアは怒りをにじませながらそう言った。その怒りが、エリーゼを思うが故だと分かっているので、エリーゼは思わず顔をほころばせた。

「私にとっても必要なの。二人を祝福して、そしたらきっと私もこの気持ちにピリオドを打てる。……打ちたいのよ」

もう終わらせたい。ブルーベルを見るたびにアルベルトのことを思い出してしまうこと。そしてアルベルトが側にいない虚しさに気づいて泣き叫びたくなること。全部、全部やめたい。

エリーゼの初恋の実は、もうすでに真っ赤に染まって大きく実ってしまった。相手がいないまま、腐ることもなくただただ大きく実ったそれを、乱暴でも良いので地面に落とさなくてはならない。そうしなくては、肥大しすぎたその実の重さに、木が折れてしまいそうだから。

「リーゼ、あなた……」

「大丈夫。対策は考えるわ」

エリーゼがそう言うと、オリヴィアは何か言おうとして口を開いたが、何も言わずに閉じた。

そして悔しそうに唇を噛んでから口を開く。

「分かったわ。あなたがそこまで言うのなら、もう何も言わない」

オリヴィアのその言葉を聞いたエリーゼは、ありがとうの意味を込めて優しく微笑むのだった。

ヴィクトリアは扉のノブを握って、しかし回すことさえできずにそのまま立ち止まった。

扉を開ければ、愛しいアルベルトがいる。

最初のうちは胸を高鳴らせて開けていたその扉が、今はどうしようもなく重たい。

ヴィクトリアの愛した将軍がただの抜け殻のようになってしまってから、すでに数か月が経過していた。

彼との結婚式の準備は順調に進んでいるのに、彼の時は未だに止まったまま。

どうしてこんなことになったのか。

やっと二人、堂々と恋人同士であると公言できるようになったのに。

アルベルトが元婚約者と交わした婚約を破棄させて、ヴィクトリアも父王の許可を得た。

二人の愛の障害は何もないはずなのに、本当なら今頃は幸せのただ中にいるはずなのに。

アルベルトは結局、ヴィクトリアに直接愛を告げていない。

もしかして、何か重大な思い違いをしているのではないか。

そんな恐ろしい考えが一瞬脳裏をよぎって、ヴィクトリアは慌てて思考に蓋をした。

(大丈夫よ。結婚式をして、アルベルト将軍が正気に戻ったら全部、全部解決する話だわ)

ヴィクトリアはそう自分に言い聞かせて、小さく深呼吸してから扉を開いた。

部屋の中には二つの人影があった。大きなベッドの上に座って窓の外を見ているアルベルト将軍。そしてもう一人はセバス。

セバスは将軍のための薬の準備をしているところのようだったが、ヴィクトリアに気づいて一礼した。

「セバス、アルベルト将軍のご様子は？」

「今からお薬の時間です」

そう言ってにたりと笑ったセバスは、ティーカップに注ぎ口がついたようなものを将軍の口に当てて傾ける。人形のような将軍は、そのまま何の抵抗もなく流れてくる薬液をされるがまま飲み干した。

　それらを見ながら、ヴィクトリアはベッドに向かって歩み寄る。

　元の将軍に戻るように特別に調合してもらったという薬を飲み終わったアルベルト将軍は、また窓の外に目を向けた。

　鼻筋がすっと通ったその顔は、確かに整っているのだが、かつてのような覇気はない。

　それでもヴィクトリアは祈るように声をかけた。

「アルベルト将軍……」

　ヴィクトリアが彼の名を呼んでも、彼は全く反応しない。ずっと窓の外を見ていた。

　今日も、昨日と変わらない。その事実に、ヴィクトリアはわずかに眉間に皺を寄せる。

「毎日薬を飲んでも、全然良くならないわね。別のお薬に変えた方がいいのかしら」

　ヴィクトリアはそう言いながらベッドに腰掛ける。

「そんなに不安に思わずともアルベルト将軍は順調に回復なさっていますよ」

　セバスがそう返してきたので、ヴィクトリアはセバスに顔を向ける。セバスはいつもの穏やかな笑みを浮かべて改めて口を開いた。

「今は、少々、心ここに在らずといったご様子ですが、先ほどまでは、早くヴィクトリア様に会いたい、などと、こちらが赤面してしまいそうなほどの睦言をおっしゃっておりました」

　と、セバスが言う。

アルベルト将軍は、ヴィクトリアの前ではいつも抜け殻だ。けれどセバスの前ではたまに流暢に話すことがあるのだと言う。

セバスはアルベルトの親友だ。だから、そういうこともあるかもしれない。そう思って、以前はその話を何も疑うことなく信じていた。

でも……。

(本当に……?)

その言葉が出かかって、どうにか堪える。

(何を不安に思うことがあるの。アルベルト将軍は、わたくしを愛してくださっている。贈り物もくれたじゃない。手紙だって。結婚式だって開くのよ!)

自身に言い聞かせるように心の中で繰り返すと、ヴィクトリアは、改めてアルベルトを見た。

窓の外を見ている端正な彼の横顔を見て、戦場にいた頃の彼の勇姿を思い出す。

思い出の中のアルベルトはヴィクトリアの心を摑んで離さない。

アルベルトがヴィクトリアに愛を囁く時は、いつも手紙だった。

義理堅いアルベルトは、婚約者がいる身で他の女性に愛を口にすることができないようで、密かに文通で想いを通わせていた。手紙上の彼は、情熱的だった。彼からのラブレターをもらうたびに、ヴィクトリアは心をときめかせた。

アルベルトとその婚約者が婚約破棄すれば、アルベルトが直接その口でヴィクトリアに愛を囁いてくれるのだとそう信じてきたのに。

「どうか、以前のように戻って……わたくしのことを愛していると、そう言って」

すがるようにそうこぼす。

するとアルベルトの表情が動いた。ヴィクトリアは目を見開く。

「アルベルト将軍……？」

名を呼んだが反応はない。だが、彼は明らかに微笑んでいた。

今まで、抜け殻のようだったアルベルトの顔に、表情が浮かんでいる。

（良かった……！　セバスが言うように、将軍の容態は良くなってきているのだわ！）

ヴィクトリアは嬉しくなって、アルベルトが微笑みながら見つめる先を自分も目で追う。

窓の外は、ヴィクトリアのための小さな中庭が広がっていた。庭師を雇って、ヴィクトリアの代名詞でもある薔薇を育てさせているのだ。

赤い薔薇が整然と並んでいる。

将軍は、ヴィクトリアの庭を、ヴィクトリアが愛した薔薇達を眺めているのだろうか。

そう思うとなんだか嬉しくて、ヴィクトリアも頬を緩めて、さらにアルベルトの視線の先に合わせる。だが。

アルベルトの視線の先にあったのは、薔薇ではなく、庭の片隅に置かれたブルーベルの花が咲いた鉢植え。将軍は、青紫色のブルーベルの花を見て微笑んでいる。

昨日、結婚式の打ち合わせをした時に、ブルーベル商会の会長からもらってきたものだ。

正確には、商会に飾られていたその鉢植えを見て、アルベルト将軍への手土産にしたいと、ヴィクトリアが声をかけたのだ。

別に深い意味はない。なんとなく目に留まって、そういえば将軍が好きな花だと思い出して、軽い気持ちで持ち帰ってきた。

将軍に喜んでもらえた、という喜びも一瞬だけ湧いた。

だが、そう喜ぶのも束の間、名状し難い憤りがヴィクトリアの心を支配する。

（なんで、その花なの……）

窓の外にはヴィクトリアが愛した薔薇達が咲き誇っているというのに、どうしてそんな地味な花を見て笑うのか。

以前は顧みもしなかった、彼の元婚約者の姿が何故かちらつく。

「アルベルト将軍！」

ヴィクトリアは彼に振り向いてほしくて、大きな声で名を呼んだ。

しかし、彼はヴィクトリアのことなど少しも見てくれない。ずっとブルーベルの花を見ていて……。

たった、それだけ。愛する人がブルーベルの花を見ている。たったそれだけのことだと、頭では分かっているのに。

ずっとずっとたまってきていた不安が、押し寄せてきて……。

「わたくしを見て……」

たまらずヴィクトリアの口から願望が漏れる。

けれども、やはりアルベルトは窓の外を見たまま、振り返りもしなかった。

王女と英雄将軍の結婚式の準備は着々と進んでいく。

式の打ち合わせでは、王女はいつも心ここに在らずな状態で、ほとんど執事のセバスとだけ話をしている。

それでいて、王女は毎回打ち合わせに参加した。何を言うでもなく、何を訊くでもなく、ただそこにいる。

勲章持ち兵士を王都に呼び出す手配、招待客への招待状の準備、式を滞りなく行える人員の確保。全て順調に進み、とうとう最後の打ち合わせの日が訪れた。

最後は実際に結婚式で使う会場、つまり王城の広間の視察だ。

エリーゼは、サイラスとともにその広間にやってきていた。

頻繁に貴族達を招いてパーティーを行う王城の広間は、三百人以上の人を集めても余裕で収まりそうなほどに広い。その上内装も凝っていて、柱の至るところに花々や蔦模様などの繊細な彫りものが施されている。

高い天井には、神話の美しい神々の姿が描かれていた。

結婚式を二日後に控え、飾り付けも始まっている。広間の柱には、ブルーベルの花をモチーフにした飾りが付けられていた。

白色の壁に、青紫の花の飾りはよく映える。

「流石に、荘厳ね……」

そう言葉にすると、隣にいたサイラスが「そうですかね？　私はブルーベル宮殿の方が好ましく見えますが」などと答える。

そんな社交辞令に思わずくすりと笑ったエリーゼは、サイラスの方を見て、思わずギョッとした。

サイラスの顔に仮面がついている。しかしすぐにエリーゼは思い出した。

（ああ、そうだった。私達、仮面をつけているんだったわ）

今、エリーゼとサイラスの顔の鼻から上を覆うように黒い仮面がついている。

結婚式は王城に勤める者達と、ブルーベル商会の者達とで準備をしている。仮面をつけたのは、王城の者達と区別をつけやすくするためと、単純にエリーゼの顔を隠すためでもある。

「仮面に慣れないわ……」

「とてもよくお似合いですよ、リーゼ会長」

と、とぼけた返答をするサイラスを仮面の下から睨みつける。

「全く調子がいいのだから」

「いえ、本心ですが」

などと言っていると……。

「お待たせしました」

背中にそう声がかかって、エリーゼは背筋を伸ばした。

この声は、執事のセバスのものだ。

そう認めて、鼓動が速くなる。もちろん、セバスだけならこんなに緊張することはない。

セバスと誰が一緒にいるかが問題だった。

今日は、最後の打ち合わせなのだ。

最後の打ち合わせには、王女だけでなく、新郎であるアルベルトが来たっておかしくない。

(念のため仮面を被ったわけだし、それにもう結婚式の準備はほぼ終わっていると言ってもいい。今更、商会を変更なんてできないわ)

エリーゼはゴクリと唾を飲み込んでから、思い切って振り返った。

そこにアルベルトがいる、そう思って。

強い覚悟を持って振り返ったのだが、エリーゼは目を丸くした。

(アルが、いない……?)

振り返った先には、例の執事。そして王女と護衛らしき兵士が数人いるだけ。

エリーゼの驚きを悟ったのか、王女が口を開いた。

「何か、気になることでも？」

王女にそう問われてエリーゼは口をつぐむ。

アルベルトがいると思っていたらいなかった。だが、そんなことを言うのは藪蛇だ。

いないのならいない方がいいのだ。そうすればエリーゼの正体を隠せる。

（でも、ずっと、会えていない）

脳裏に幼い頃の彼の笑顔がよぎる。

会いたい。そう思ってしまったエリーゼは、自分の正体が悟られる危険を冒してでも彼に会いたかったのだと気づいて、呆然とした。

「……アルベルト様はいらっしゃらないのですか？」

エリーゼの気持ちを代弁する形でサイラスが問いかける。

「将軍はお忙しいの。わざわざ打ち合わせのために来たりしないわ」

王女が、ムッとしたようにそう言う。

「でも、これはアルベルト様のための結婚式でもあります」

気づけば、エリーゼはそう口にしていた。

エリーゼの知っているアルベルトは、いつも一緒にいてくれた。エリーゼの話に耳を傾けてくれて、自分は関係がなくてもエリーゼの用事に嫌な顔をせず付き合ってくれた。

（アルは、こんなふうに愛する人を放っておく人じゃない）

自分を裏切ったアルベルトをあまり憎めないのは、彼がエリーゼをとても大切にしてくれたからだ。今でもエリーゼの中で、アルベルトとの優しい思い出が綺羅星のように輝いている。だから、どうしても憎めない。

「だから、将軍は忙しいと言ったでしょう！」

王女は、苛立たしげにそう声を発した。

その声の大きさに、エリーゼは我に返る。踏み込みすぎた。

「申し訳ありません。出過ぎたまねをいたしました」

弱々しく、エリーゼはそう答えた。

王女はふんと鼻を鳴らし、「少し会場を見てくるわ」と言って離れていく。

王女が離れたことに、エリーゼは思わずほっと安堵の吐息を漏らした。

仮面をしていなかったら、自分の動揺が王女に伝わっていたかもしれない。

片手を仮面に沿わせて、最初こそ変だと思ったそれに感謝した。

「しかし、その仮面はなんです？」

と、不満そうに尋ねたのは王女の執事のセバスだ。その問いに、サイラスが口を開いた。

「これは、王城の人員と商会の人員を区別するためのものです。ブルーベル商会の者は全てつけております」

サイラスがそう言って、会場内を飾り付ける商会の従業員達を手で示した。

飾り付けをしている者達は全て黒い仮面を被っていた。

それにセバスは不満そうに鼻を鳴らした。

「そんな話は聞いていませんでしたけどねえ……」

と、セバスがこぼしたその時だった。

「やっぱりやめて！」

王女の声だ。見れば王女が、壁にブルーベルの花飾りを付けている者達の側で、喚いている。

「王女殿下……!?」

セバスは驚いたような声をあげて、王女の側に向かう。エリーゼとサイラスも後に続いた。

「だから、やっぱりやめてと言っているのよ！」

と言って、王女はブルーベルの飾りを従業員から奪うと、忌々しそうに床に投げつけた。

それはシルクで作られた飾りだったので破損することはなかったが、王女は追い討ちするかのようにその飾りをハイヒールで何度も踏みつける。

ブルーベルの花が踏みつけられて、汚されていくその様を見て、エリーゼは「おやめください！」と声を発し、前に出ていた。

ヒールで踏まれている飾りを引き抜こうと手を伸ばしたところで、ちょうど王女が足を下ろした。エリーゼの手が赤いハイヒールに踏みつけられ、声にならない痛みで思わず呻く。

それを間近に見た王女は、あ、と目を丸くして慌てて足を退けた。

サイラスが「リーゼ会長！」と言いながら慌てて駆け寄る。

「わ、わたくしは、悪くないわ……！　あなたが、勝手に手を出すから！」

親に怒られた子供のように、怯えた様子の王女がそう口にする。

その表情からも分かるように、エリーゼの手を踏みつけるつもりは本当になかったのだろう。

エリーゼは踏まれた手をもう片方の手で押さえながら、サイラスに支えられるようにして立ち上がる。

「……大丈夫ですよ。王女殿下」

今にも泣き出しそうな王女に、エリーゼは微笑み、そう声をかける。

しかし、王女の戸惑いはまだ消えないらしい。目を大きく見開き、彷徨わせる。

（……なんだか、手負いの獣みたい）

実際に傷ついたのはエリーゼのはずなのに、王女の方が傷ついている。

そんなことを思いつつ、エリーゼは口を開いた。

「それよりも、突然、どうされたのですか？　ブルーベルの花飾りがお気に召しませんでしたか？」

エリーゼのその問いに、顔を背ける。

「別に……」

とだけ答えるが、別に……で済ませられるような奇行ではない。

「ブルーベルの飾りは、王女様のご希望でしたが」

「違う！」

王女ははじかれたようにはっきりと否定の言葉を口にした。そして口にした当の本人が一番驚いたように慌てて口を手で押さえる。

「王女様。結婚式は、あなたの人生において特別なものです。何か思うところがあるのでしたら、おっしゃってください。ここで吐き出せずにいたら、その時言わなかった後悔がこれから先もずっとついて回りますよ」

エリーゼは諭すようにそう言って、王女が何かを言うのを待つ。しばらくすると、顔を下に向けた王女が口を開いた。

「……ブルーベルは、いや。わたくしは……赤い薔薇が好きなの」

そう言って、顔をあげてすがるような目でエリーゼを見る。

「どうして、薔薇ではダメなの？　薔薇を愛してほしいの……」

ポロポロと涙があふれるのと同じように言葉が落ちていく。

何を言いたいのか、何を伝えたいのか、エリーゼにはよく分からない。

それでも、王女の中で今こぼした言葉はどれもとても大切な思いなのだと分かる。

なんと声をかけるべきか、どうすればいいか、そう考えていると……。

「申し訳ありません。どうやら、王女様の体調が思わしくないようです。一度下がらせましょう」

と、執事のセバスがそう言って、王女をそのまま帰らせようとする。

ほとんど放心状態の王女はされるがまま、扉に向かおうとしていて、その姿があまりにも痛々しく見えて……。

気づけば、エリーゼは王女の手を摑んでいた。

立ち去ろうとする王女の片手を取り、そして自分の方へと振り向かせる。

エリーゼはもう片方の王女の手も取った。震える王女の両手を、エリーゼが優しく包み込む。

「かしこまりました。内装を変えましょう。薔薇の花に」

エリーゼのその言葉に、ほとんど目の焦点の合っていなかった王女がエリーゼを見る。

「変えられるの……？　もう式は、明後日……」

「ちょうど薔薇の季節ですから。王都中の薔薇の花をかき集め、生の花を使った飾り付けをいたしましょう」

「そんなことできる……の？」

「できますよ」

エリーゼがそう言うと、王女は涙を溜めた目でエリーゼを見る。そして懇願するように口を開けた。

「やっぱり、薔薇がいいの……わたくしは赤い薔薇の花が好きなの」

「分かりました。ご安心ください。このリーゼが承ります」

そう言って、エリーゼは力強く頷いた。

エリーゼは、サイラスとともに王都にある隠れ家的な酒場へと繰り出していた。

アルベルトと王女の結婚式を明日に控え、なかなか寝付けないでいたエリーゼを、サイラスが誘ってくれたのだ。

落ち着いた雰囲気の店で、わずかなランプの明かりがしっとりと店内を映し出す。

また、隣の席との距離が離れていて秘密の話をするのにうってつけだ。エリーゼとサイラスはカウンターの席に並んで座って、ワインを頼んだ。

「しかし驚きました。まさかあんな方法で王都中の薔薇を集めてしまうとは」

くすくすと、楽しそうにサイラスが笑う。

結婚式のモチーフを薔薇に変更すると決めたその日のうちに、エリーゼはブルーベル商会の面々で簡易的なパレードを執り行って王都中を練り歩いた。

『薔薇好きな王女のために、祝福の白と赤の薔薇を捧げよう！』

ピエロのような派手な服装に身を包み、楽器を打ち鳴らしながらそう口にして回る。

ヴィクトリア王女は、その美しさや戦にも参戦したという勇ましさもあって、民からの人気が高い。それを利用した形での薔薇集めだ。

薔薇は瞬く間に王都の民から王城に捧げられた。

「だって、しょうがないでしょう。予算も心もとなかったし……」

王女の前では、生の薔薇を仕入れて飾り付ければいけるだろうと軽く考えて承知したが、よくよく考えたら薔薇を集める予算が足りない。王女に予算を少し多めにもらえるようにかけ合う方法もあったが、あれだけ格好つけたのにと思うとどうしても言い出せなかった。

「しかも白い薔薇まで集めてどうするのかと思ったら、まさか塗料で花びらを赤く塗るとは……本当に、いつもあなたには驚かされます」

何か、笑いのツボに入ったらしいサイラスがくすくすと笑い続ける。

赤い薔薇だけでは足りないだろうと踏んで、白い薔薇も集めた。白い花びらなら染めてしまえばいいのだ。

エリーゼもサイラスも、さっきまで白い薔薇の染色をしていた。二人とも指の先がうっすらと赤い。

「笑いすぎよ、サイラス。……でも、ありがとう。どうにか間に合った」

「ですが、会長。あまり表情が晴れませんね。何か気にかかることでも?」

そう問われて、エリーゼは言葉に詰まった。気になることは色々ある。明日の結婚式のことはもちろん、危うさを匂わす謎の暗号文。しかしエリーゼが一番今気がかりなのは。

「アルと王女様って……上手くいっているのかしら」

ワインを揺らしながら、そうポツリとエリーゼは呟いた。

アルベルトは、結婚式の打ち合わせに結局一度も顔を出さなかった。体調が思わしくないという話も聞いたが、それなら式を延期した方がいいのではという提案にも、城側からは問題ないのでこのまま行うという返事しかこない。

その上、王女の様子がどうにもおかしい。

結婚式が近くなるにつれて、情緒が不安定になりつつある。

モチーフを直前に変えたのもそうだが、いつも心ここに在らずな様子だ。

「まあ、上手くいっていないのでしょう」

ワインを片手にサイラスはあっさりとそう告げた。

あまりにもあっさり言うものだから、思わずエリーゼは顔をあげる。

長い銀髪をゆるく後ろに束ねたサイラスの横顔は、薄暗いこの場の雰囲気によく似合っている。するとサイラスが、ゆっくりと顔をエリーゼに向けた。

「それで、エリーゼ様は、そんなことを聞いてなんと返してほしいのですか？」

サイラスがエリーゼの商人としての名前ではない方を使って問いかける。

口調が、どこかエリーゼを責めているような気がして、思わずエリーゼは眉根を寄せた。

「別に……この結婚式は大仕事だもの。普通、気になるでしょう？」

「それだけ、ですか？　……将軍に未練があるからではありませんか」

サイラスが、まっすぐエリーゼを見ている。何も返せなくてしばらく沈黙が続いたが、
エリーゼは彼から視線を逸らしてから口を開いた。

「何を今更。そんなことあるわけないじゃない。二人が上手くいっているのかいないのか、

それが気になるのはただ単に仕事に影響するからよ」

と答えてから、その答えがあまりにも空々しく聞こえて、エリーゼは自嘲してしまった。

だからエリーゼはあきらめて、本心をこぼす。

「ごめん。それだけじゃない。……私の知っているアルはね、愛する人を不幸なままにしない人なの。恋人が悲しんでいたら誰よりも先に気づいて、側にいて、その涙を拭ってくれるような人」

アルベルトに愛されていた頃のエリーゼは、幸せだった。

一緒にいられればそれだけで楽しくて、毎日が色づいて見えた。

その日々があったから、戦で離れ離れになっても待っていられた。当然のようにアルベルトが自分のもとに帰ってくるのだと信じていられた。

それぐらいアルベルトは、エリーゼに惜しみない愛を与えてくれた。それなのに。

「だから、王女殿下があれほど心細そうにしているのに、アルが彼女の側にいないのが不思議でたまらない」

そう本心を告げると、エリーゼはワインを一口飲む。

「もしかしたらアルベルト将軍は、王女ではなく、王女が持つ地位や富、名誉を愛したのではありませんか」

サイラスがワインを一口飲んだ後、そう言う。つまりは結婚相手として王女の条件が良いからではと、サイラスは言いたいらしい。貴族間ではままあることだ。

けれどもエリーゼは首を横に振る。

「それは、ないと思う」

「どうしてそう言い切れるのです？」

「アルは、そういう人じゃないのよ。名誉とか富とかあんまり興味がないの」

と、エリーゼは前置きしてからまた口を開く。

「私が住んでいた地域では、雪が積もる前に狩猟祭をするの。地域の若者達が、狩りに出て、手に入れた獲物の多さや大きさで競いあうのよ。その祭で優勝することはすごく名誉なことなの」

エリーゼは、昔のことを思い出しながらそう語り始めた。

アルベルトは毎年、この狩猟祭ではいつも最下位の成績で、何も獲れなかったよと笑って言って、手ぶらで帰ってくるのが常だった。

それがエリーゼは悔しくて、婚約した年の狩猟祭では一緒についていきたいと言った。

若者が、自分の勇姿を見せるために恋人を連れて狩猟を行うのは、ままあることなので特別変なことではない。でもアルベルトは珍しく、困ったような顔をした。

僕と一緒にいてもどうせ何も獲れないからつまらないよ、などと言って。とはいえ、アルベルトはエリーゼのわがままはいつもしょうがないなあと言って受け入れてくれる。その時も最終的には、一緒に行くことに決まった。

実はこの時、エリーゼはアルベルトが獲物を獲れるようにちょっとした細工を施していた。

狩猟場にすでに罠に掛かった兎を、置いておいたのだ。

だから当日、兎を置いている場所までアルベルトを誘導するだけで、今年の狩猟祭では、少なくとも一匹は獲物を持って帰れる。

そうなればアルベルトも喜んでくれる、そう思ってエリーゼは計画していた。

その作戦は順調に進んで、エリーゼはアルベルトを兎のいる場所の近くまで自然に誘導できた。

するとアルベルトは急に険しい顔をして、「何かいる」と言った。エリーゼにここで待っていてと言って、その場所へと向かう。

アルベルトが兎に気づいたのだ。

エリーゼはその時、にまにまと頬が緩みそうになるのを抑えながら、アルベルトを見送った。

アルベルトは弓を持って、茂みの奥へ。

姿が見えにくくなると、エリーゼは近くの木によじ登って双眼鏡を目に当ててアルベルトの動向を追った。

アルベルトは、予想通り兎がいるところにたどり着いた。そして罠に掛かった兎を見ると驚いたように固まってから、ゆっくりと兎へ歩み寄る。

そのまま捕まえるのだろうと思っていたエリーゼだったが、予想は外れた。アルベルトは兎を罠から解放して、逃してしまった。

しばらくして戻ってきたアルベルトは、申し訳なさそうに笑いながら、「兎を見つけたけど、逃げられちゃった」と言って、頭の後ろをかいた。

それは嘘だ。

罠を外して捕まえようとして逃げられた、という感じでは明らかになかった。もともと逃すつもりで罠を解き、そのまま兎を見送っていた。

結局、アルベルトはその年も一匹も獲物を得られずに狩猟祭を終えた。

優勝したのはアルベルトの一番上の兄だった。でも、エリーゼは知っている。剣の腕も、弓でも、あらゆることでアルベルトはその兄よりも上なのだ。

それなのに毎年一匹も獲物を得られない。

それはつまり……。

「将軍は、獲る気がなかったのですね」

エリーゼの狩猟祭での思い出を聞いていたサイラスがそう言った。

「そう。アルは名誉なんかに興味なかった。狩猟祭の後、思い切って聞いたのよ。どうして逃したのって。そしたら、可哀そうだからって、そう言っていた」

食料不足などで切羽詰まっていたらそうは言っていられないのだろう。けれどアルベルトの家は、幸いにして男爵位を持つ曲がりなりにも貴族の家で、食うに困るような生活ではなかった。その上、狩猟祭ではアルベルトの兄らがたくさん獲物を獲ってくる。だから、自分が獲る必要はないのだと、アルベルトは言っていた。

「でもね、狩猟祭で優勝できるって、本当に名誉なことなのよ。誰もが夢見るの。優勝者は若者達の憧れの的よ。でも、アルベルトは、名誉とか栄光とかそんなものより、目の前の小さな命を大切に思える、そういう人で……」

そういうところが好きだった。最後のその言葉だけはどうにか飲み込んで、エリーゼはまた口を開く。

「だからアルが王女と結婚したいと言うのなら、王女のことを愛したからだと思うのよ」

そう自分で言いながら、エリーゼのまだ治りきっていない心の傷がじゅくじゅくと痛んだ気がした。

ふと視線をあげると、サイラスと目が合う。サイラスは感情の読めない顔でエリーゼを見ていた。

「もし、アルベルト将軍と王女様のご結婚が、全て勘違いの上で成り立っていたとしたらどうしますか？」

サイラスが突然、突拍子もないことを言い出すものだから、エリーゼは目を丸くさせる。

「何を言っているの。そんなことあるわけないじゃない」

何かの冗談と思って、笑いながらそう答えているのに、サイラスの顔はひどく真面目だ。

「どうしたの、サイラス。何か、知っているの？」

思わずエリーゼがそう尋ねる。ここで初めてサイラスがわずかに瞳を揺らした。しばらく無言だったが、エリーゼが根気よく待っていると口を開く。

「……いえ、なんでもありません。不安定な王女の様子を見て、そんなことを考えてしまいました」

サイラスのその返答はエリーゼにも分かるものがある。

「ああ、そうよね。私も、今の王女殿下の様子が心配で……アルったら何やっているのよ！　って気持ちになる。不安そうな王女をそのままにするなんてアルらしくないって」

「……自分の男を奪った女の心配なんて、本当にエリーゼ様は人がよすぎますよ」

「別に、そういうのではないわよ」

エリーゼは笑ってそう言ってから、ワインをまた一口飲んだ。

アルベルトとヴィクトリア王女の結婚式は、もう明日に迫っていた。

第四章

結婚式、当日。天気は稀に見るほどの快晴で、天までもがヴィクトリア王女と戦の英雄アルベルト将軍の結婚を祝っているかのようだった。

王都では、兵士達によるパレードが始まった。パレードが通る大通りはもちろん、小さな路地にも今日という日を祝う飾り付けがなされている。

パレードを見るために、王都の人達が大通りの周りにひしめき合っており、その誰もが笑顔だ。

（なんだか、私だけが置いていかれているみたい）

王城の三階にあるバルコニーで、王都全体を眺めていたエリーゼはそんなことを思った。何に置いていかれるのか、誰に置いていかれるのか、それは分からない。ただ、なんとなく、置いていかれた時のような寂しさを感じた。

「とか、言っている場合じゃないわね」

エリーゼは気持ちを切り替えるためにわざと大きく独り言を言って、両頬を叩いた。

式に関する事前準備も滞りなく、予定通りに進んでいる。

この式を指揮しているのはエリーゼだ。置いていかれるどころか、先頭を走っているといってもいい。

エリーゼはそう言い聞かせて、新婦であるヴィクトリア王女の控室へと向かう。

控室では、用意していたウエディングドレスを着て、鏡を見つめているヴィクトリア王女がいた。

白いドレスに真っ赤な薔薇の生花を直接縫い付けたドレスは、王女によく似合っていた。金色の長い髪を纏めたところに、白いヴェール。肩の見える白いドレスは胸元を広げすぎない程度に肌を見せ、よく括れた腰の下はふんだんに布を使って大きく広がっている。そしてその白いスカートの部分には満遍なく赤い薔薇が咲いていた。見るも鮮やかな、白と赤のドレスだ。

最近情緒が不安定だった王女も、今日はずいぶん顔色がいい。

「ヴィクトリア王女殿下、お綺麗ですよ」

エリーゼがそう言うと、王女は鏡を見つめたまま、何度も頷いた。頬が興奮のためか上気している。

「本当に、なんて素晴らしいの……！　綺麗……」

うっとりと王女はそう言うと、ゆっくりとエリーゼの方を振り返った。

「リーゼさん、ありがとう。用意するの大変、だったでしょう？　直前でわたくしがモチーフを変えてと無理を言ってしまったから」

そう言って、ヴィクトリアが申し訳なさそうに微笑む。

まさか感謝されるとは思わずに、エリーゼは目を丸くした。

貴族の多くは配慮されることに慣れきっている。わがままを聞いてくれるのは当然なことで、そこに感謝はない。そういう人が多いのだ。貴族でそうなのだから、王族であるヴィクトリアなら尚更だとそう思っていたが。

　思わずエリーゼの口元がほころんだ。

(わがままで我の強いところが出がちだけど、誰かの献身を当たり前ととらえず感謝ができる人なのね)

　さすがはアルベルトが選んだ人だと、エリーゼは思った。そして自分でも意外なほどに、王女の良いところを見つけられたことを嬉しく感じた。

「お気になさらないでください。結婚式は人生に一度あるかないかの大切な節目ですもの。そのお手伝いをする以上、私も後悔がないようにしたいのです」

　エリーゼは内心の興奮を完璧に抑えて、冷静にそう伝える。

「ありがとう。あなたがあの時、大丈夫と言ってくれて……救われたような気持ちになった。今度また何かあれば、あなたにお願いしたい」

　そうまっすぐに伝えられて、エリーゼはあいまいに微笑んだ。

　そう言ってくれるのは嬉しい。けれども、もし『リーゼ』がアルベルトの元婚約者の『エリーゼ』だと知ったら、彼女はどう思うだろうか。

　複雑な思いを全て唾とともに飲み込んでからエリーゼは口を開いた。

「ありがとうございます。ですが……どうして突然ご変更しようと思われたのですか」

ここまで訊くのは出すぎた真似かもとは思ったが、今訊かなかったら、今後も訊けない可能性がある。

エリーゼの質問に、王女は少し視線を下に向けるとためらいがちに口を開ける。

「ブルーベルは、アルベルト将軍が好きな花なの。でも、わたくしは薔薇が好きだから」

ヴィクトリア王女がそうこぼす。

最初にブルーベルの花がいいと言ったのは、アルベルトに合わせてのことだったのだろう。でも、王女はもともと薔薇が良かったのだ。

(つまりは二人の間のコミュニケーション不足が問題ってことね)

エリーゼがそう思って納得しかけた時だった。

「薔薇を好きになってもらいたいの、将軍に。ブルーベルではなく、薔薇を」

王女の口から切なげに漏れたその言葉に、一瞬息が止まった。

(落ち着きなさい、エリーゼ。ただ、恋人の好きな花が自分と一緒だったらいいのにっていう、女の可愛いわがままじゃない。そんなに、驚くようなことじゃない)

ドクドクと嫌な鼓動を鳴らす自分に、エリーゼはそう言い聞かせた。


アルベルト将軍と王女ヴィクトリアの結婚式は王城で行われる。

アルベルト将軍が兵士達のパレードに交じって王都をぐるりと回り、城にたどり着くとウエディングドレスを着た王女に出迎えられるという流れだった。

王都の民達も、国の英雄アルベルトを見にパレードが行われている道々にひしめき合う。

一番目立つ白の正装を身にまとい、一番立派な黒馬に跨ったアルベルト将軍の姿を見た民達の多くは驚いた。

国を救った英雄のその若さに。前線で鬼神のごとく戦い続けた男とは思えぬその端正な顔立ちに。そして何より……。

「な、なんだか、覇気がありませんね？」

王城の三階から、双眼鏡をのぞき込んでアルベルトを眺めていたシャーラが思わずといった具合でそう呟いた。

その隣で、同じく双眼鏡をのぞき込んでいたエリーゼも、戸惑いがちに頷いた。双眼鏡越しではあるが、エリーゼがアルベルトを見るのは八年ぶりだ。

記憶の中よりも、精悍な青年に成長したアルベルト。客観的に見ても格好良いと思う。だけどそのアルベルトはどことなく、くたびれて見える。

騎乗できてはいるが、顔はぼーっとしていて視点も定かではない。まるで、よくできた人形のようだった。

シャーラも王都の民も、そんな腑抜けた様子のアルベルトに戸惑っていたようだが、付き合いの長いエリーゼはそんな彼の様子に思い当たることがあった。

「アル……王女様と喧嘩でもしたのかしら」

エリーゼの呟きにシャーラが目を丸くする。

「喧嘩、ですか？」

「……アルは私と喧嘩するといつもああなっていたから」

幼い頃のアルベルトも、たまにあんな風になることがあった。

そうなるのは、決まってエリーゼと喧嘩をした時だ。

エリーゼとアルベルトは付き合いが長いので喧嘩ぐらいは当然したことがある。喧嘩をすると、アルベルトは徐々に元気をなくして、最終的にあんな魂の抜け落ちた何かのような感じになる。

「しかし、ヴィクトリア王女の方は普通そうでしたけど」

とシャーラが訝しげに応える。

「それは……そうねえ。まあ、でもアルだけ気にしているのかもね。とはいえ、そんなこと言っている場合ではないわ。新郎も揃って結婚式もとうとう本番よ」

わざと軽い調子でエリーゼは言った。

シャーラは「確かに」と言って、また披露宴の準備のために会場へと戻っていった。

エリーゼもすぐに行かねばならない。エリーゼの役割は式をするまでの準備がほとんど。式が始まってしまえばはっきり言って仕事はない。とはいえ、式は最後まで見守りたいので、商会の他の従業員のようにホールでの給仕を務めるつもりだ。

けれど、ここから離れられないでいた。

元気のないアルベルトから、どうしても目が離せない。

王城の前にたどり着いたアルベルトは、騎乗したまま門の中へと入っていく。

そして王城の入り口を前にして馬を止めると降り立った。

さっそうと降りる感じではなく、なんとなく周りの兵士達に言われるがままのろのろと降りたように見える。

(どうしたの、アル……)

元気のないアルベルトを見ていると、そのまま駆け寄りたい衝動に駆られた。

大丈夫なのと聞いて、抱きしめて、彼が悩んでいる全てを吐き出させて、そして彼の隣に並んで、大丈夫よ、と声をかけてあげたい。

昔、二人がそうしていたように。

思わずエリーゼの手が伸びた。双眼鏡越しに見る彼はすごく近くにいるような気がして、少し手を伸ばせば彼に触れられるような気がした。でも……。

今にも倒れてしまいそうなアルベルトに、エリーゼではない別の誰かが手を伸ばす。

アルベルトを抱きしめたのは、純白に真っ赤な薔薇をあしらったドレスを着たヴィクトリア王女だ。

歓声が沸いた。

エリーゼはハッとして思わず双眼鏡を外して視線を逸らす。

パレードを経て、新婦であるヴィクトリアのもとへやってきたアルベルト。抱き合う二人の様子に沸く歓声が響き渡る。

(何を今更……手筈通りじゃない)

王城にやってきた新郎を新婦である王女が出迎える。全て手筈通り。

(何でもない、何でも……)

嫌に騒ぎ立てる心臓を落ち着かせたくて、左胸に手を置く。そのうちこの心臓の音が大人しくなるのではと思ったが、しばらくしても心臓は落ち着きを取り戻さなかった。

式は、エリーゼの内心とは裏腹に順調に進んでいく。

ヴィクトリアとアルベルトがお召替えなどで控室にいる間、王城内のホールでは招待客らが集まって、料理と歓談を楽しんでいた。

当然ながら、アルベルトの親族であるアルバスノット男爵家の面々もいる。

アルベルトの父に母、二人の兄達。エリーゼも小さい頃からお世話になっている顔見知りだ。

エリーゼは、給仕服に着替えてワインなどを配り歩き、空いたグラスを回収しながら、アルベルトの家族達を見るともなしに眺めていた。

(男爵に、お兄さん達、すごい緊張してる……)

アルベルトの一家は貴族ではあるが、そうは言っても男爵位。一代貴族である彼らは王城に招待されることなど初めてのことなのだろう。

　傍から見ても明らかなほどにガチガチに緊張していた。

　しかも、今回の主役の一人であるアルベルトの親族ということで、周りは放っておかない。次から次へと挨拶にやってくる貴族達に、アルベルトの父は汗をかきながら何とか対応している。アルベルトの父親はもともと職人気質というか、寡黙な人だった。たくさんの人の輪の中心にいるタイプではないので、不慣れなのだろう。

　一方、アルベルトの母親、セレナ＝アルバスノットはほくほく顔で今の状況を楽しんでいるように見える。少々流行遅れなドレスに身を包むセレナは、彼女に挨拶をしようとするご婦人達相手に得意満面といった笑顔で対応している。

　エリーゼの知っているセレナは、どちらかと言えば大人しい性質の女性だったので、今のこの状況を楽しんでいる様子の彼女に少しばかり驚いた。

　少し様子を見ていると、聞こうと思ったわけではないが、セレナが声高に何か色々と話しているので、その一部がエリーゼの耳にも届いた。

「王女様自ら、私のところにいらしてね、うちのアルベルトとずっと一緒にいたいのとおっしゃってくださったの。まったく本当に若いっていいですわよね。王女様とアルベルトの二人の仲睦まじさに思わず私、赤面しましてよ」

　セレナからこぼれたたわいない話に、エリーゼは息を呑む。

　セレナは、エリーゼとアルベルトのことを応援してくれていた。

エリーゼにも優しくて、実の娘のように思っているとも言われた。けれども、今は、王女の味方なのだ。

(そんなの当たり前、じゃない。何を今更……)

自分の息子が選んだ女性を認めているだけ。以前、それはエリーゼだったけれど、今は相手が変わっただけ。

意識的にエリーゼは、セレナから視線を逸らした。このまま鬱々とした気持ちで式を見守りたくない。

「やあ、飲み物をいただいていいだろうか?」

唐突に話しかけられた。

ハッとしてエリーゼは顔を向ける。そして思わず目を見開いた。

アルベルトの兄二人がいた。アルベルトの兄達は、英雄将軍となったアルベルトよりも屈強な体形をした大男で、立派な髭を蓄えている。あまり見た目は似ていないが、朗らかなところは少しアルベルトに似ている。

「どうぞ。白ワインでよろしいですか?」

エリーゼは冷静を装ってそう尋ねてから、トレイに置いていたワインを二人に渡した。

エリーゼは、今は顔の上半分を仮面で隠し、給仕の制服を着ている。

髪型も変えているし、おそらくエリーゼだとは気づかれない、はずだ。

「それにしても、居場所がない」

「それな」

やはり二人はエリーゼに気づかなかったようで、ワインを受け取ると近くで固まって世間話をし始めた。

どうやら二人は慣れないパーティーに疲れ切っているらしい。大きな身体をいづらそうに小さくさせて、こんな会場の隅っこで固まっているのがその証拠と言えるだろう。

エリーゼはテーブルに置かれた空いたグラスを片付けつつ聞いていると……。

「それにしても、あのアルベルトがエリーゼ嬢以外の女性と結婚とはねぇ」

と呆れた調子で一番上の兄、ジョナスが言った。

自分の話題が出てきて、思わずエリーゼの手元が止まる。

「おい、こんなところで言うなよ。誰かに聞かれたらどうするんだ」

そう周りを窺いながらジョナスを窘めたのは、次男のカスバートだ。

「なんでだ？　そんなはばかることかよ。裏切られたのはアルベルトだぞ。エリーゼ嬢が先に伯爵家と婚約したんだから」

ジョナスが肩をすくめてこぼしたその言葉に、エリーゼは「ん？」と引っかかるものを感じて思わずそちらに顔を向けた。

その話ぶりを聞くと、まるでエリーゼがアルベルトを捨てたように聞こえる。

ジョナスが頭の後ろをポリポリかきながらさらに続ける。

「ほんと、女ってひどいよなあ。命を懸けて戦った婚約者を待てないんだからさ」

という言葉に、エリーゼは「は？」と思いながら片眉をぴくぴくさせた。

待ってましたけど!? と、内心で荒ぶりながら話に乱入したくなるのを必死に抑える。

「……だから、やめろって、その話は」

とカスバートが周りをきょろきょろと見ながらまた諌める。

その様子を見たジョナスが、片眉をあげた。

「お前、何か知っているのか……？」

「は？　な、何がだよ」

とおどおどしている次男を、長男が疑うように目を細める。

「八年。エリーゼ嬢は八年も待っていたんだぞ？　それで戦が終わっていよいよ戻ってくるタイミングで別の人と結婚するなんて、普通に考えて、あり得ないだろ」

「別に、そんなおかしいことじゃないだろ。相手は伯爵家だし……って、そんなこと誰かに聞かれたら……！」

とカスバートが大きな声をあげたことで、逆に周りの視線が集まった。慌てて顔を下に向ける。

何かに怯えたような態度のカスバートを、ジョナスは不思議そうに見た。しかし彼の追及はこれで終わりのようだ。

「そうだな。今更こんな話をしてもしょうがないか。ただ、アルベルトが不憫でな。エリーゼ嬢のために今まで頑張っていたのを、俺は知っているから」

ジョナスが落ち着いた声でそう言うと、カスバートは項垂れたように視線を下げる。

エリーゼとアルベルトの話題はそれで一旦終わりになったようだ。

だが、冷静でいられないのは、その話を聞いたエリーゼだ。

（どういう、こと……？　アルの家族は、アルが心変わりしたことを知らないの？）

あり得ない。何せエリーゼは、アルベルトの母親のセレナに説明したし、彼女も全て心得ている様子だった。

そう思った時、会場からどよめきと歓声が起こった。

ハッとしてエリーゼがそちらに視線を向ける。上の階へ続く踊り場を、誰よりも華やかな衣装を身にまとう二人が腕組みをして歩いていた。

ドレスは、控室でも目にした純白のドレスだ。

スカートには真っ赤な生の薔薇の花が縫い付けられている。

白の清楚さと、生の薔薇の生き生きとした鮮やかさが、ヴィクトリアの美しさをより輝かせていた。

シャンデリアの明かりに照らされた彼女は、控室で見た時よりもずっと輝いて見える。

堪えきれず、小さく彼の名が口からこぼれた。

彼もまた、ヴィクトリアと同じ純白のタキシードを着ている。胸元の真っ赤な薔薇、彼のくすんだ琥珀色の髪が香油で綺麗に撫でつけられている。

湖面の色の瞳は、やはりどこか覇気を感じない。それでも、ヴィクトリアの隣に並んで歩いている。

同じ場所に、同じ部屋に今、アルベルトがいる。

声を出して駆けよれば、彼の瞳に自分が映るかもしれない。映したい。また彼の瞳の中に。昔のように。

無意識に軽く手があがる。踊り場を王女と歩く彼に、声をかけるように自分の手が伸びる。

伸ばした手が、自分の視界に入って、エリーゼは愕然として我に返った。

真っ白な二人の装いとは違い、エリーゼの今の服は給仕用の黒いメイド服。

なんだったら、顔には仮面もつけて、主役である二人の陰に徹した格好だ。

伸ばした手をエリーゼは慌ててひっこめた。そしてもう二度と前に出ないようにもう片方の腕で抱え込む。

必死に自分を抑えるエリーゼから少し離れたその場所で、アルベルトとヴィクトリアの二人が腕組みをした状態で踊り場から下りてくる。

会場の客達が一斉に彼らに注目する。

「なんて美しいのかしら」

「お似合いの二人ね」

「英雄将軍と王国の薔薇の出会いに！」

祝福の声が嫌に遠くに聞こえる。

そのうち集まってきた招待客に埋もれるようにして、二人の姿は見えなくなった。どこまでも遠く感じた。近くにいるはずなのに。それでも遠い。

アルベルトとエリーゼはもうあの頃のように近い関係ではないのだ。

「幸せにね」

ぽつりとその言葉だけが、エリーゼの口からこぼれた。

本心からくる言葉のようでもあったし、エリーゼの心の奥底にある惨めさや妬みに蓋をするための言葉のようでもあった。

幼馴染のアルベルトの幸せを思う気持ちに偽りはない。でも、彼を幸せにできるのは自分だけだと思っていたエリーゼの、少なくない自尊心が彼の幸せを願えない。

いつか心の底から、祝福の言葉をかけられるようになりたいとエリーゼは思った。

今こぼしたみたいな、自分の気持ちを偽るための言葉じゃなくて。

心から、アルベルトに良かったねと、幸せになってねと、そんな気持ちで言葉を紡げたら、エリーゼの心はどれほど救われるだろう。

今は、まだその日がはるか遠くに感じる。

「もう、あなた達、どうしてこんな隅にいるの？　もっと前に出なくちゃ。私達は主役なのよ」

その声に、エリーゼはハッと我に返った。アルベルトの兄二人のところに一人の貴婦人がやってきた。アルベルトの母親、セレナだ。

「主役は俺達じゃないだろ、母さん」

　と、ジョナスが肩をすくめて、壇上にいるアルベルトを見てから、「にしてもやっぱり元気がないなあ」と不思議そうに嘆く。

「あら、主役よ！　王女と結婚した相手はアルベルトなのよ。私もさっきまでご婦人方が放してくれなくて大変だったわ。ああ、色々おしゃべりしすぎて喉が渇いた」

　とご機嫌にセレナがそう言うと、顔をあげてエリーゼを見た。

「白ワイン、いただける？」

「……はい、かしこまりました」

　心臓をバクバクさせながら、エリーゼが夫人に白ワインを手渡す。セレナはエリーゼに全く気づいていないようで、そのまま離れていく。

　エリーゼがほっと、内心で安堵したその時だった。

「おお、こんなところにいたのか、セレナ！」

　そう言いながら近づいてきた男性の肩が、ドンとエリーゼにぶつかった。

　その衝撃で、身体が傾ぐ。必然的に、トレイに乗せていたグラス達が落ちそうになって、

（いけない！）

　エリーゼは、慌てて体勢を整えてトレイを持ち直した。いくつかのグラスはトレイの上で踏ん張ってくれたが、一つだけ落ちていく。

（こんな、ふかふかの高そうな絨毯に、飲み物なんてこぼせない！）

エリーゼは慌てて膝を折って座り込み、グラスが床に落ちるギリギリのところで摑みとった。中の飲み物も無事だ。

ふーっと大きく息を吐き出した時に、コトンと何かが落ちる音がした気がしたが、一旦、近くのテーブルにトレイとグラスを置いた、その時だった。

「あなた……エリーゼさん？」

唐突に名を呼ばれて、エリーゼは顔を向ける。困惑した顔のセレナがいた。

何故、と思ったエリーゼの視界に、床に落ちている仮面が見えた。

先ほどの動きの中で、仮面が取れてしまったらしい。

エリーゼは慌てて目元を腕で隠した。だが。

「「エリーゼ嬢!?」」

側にいた、兄弟達も驚いて声をあげる。

知られてしまった。エリーゼは身体を強張らせる。

「あなた、こんなところにまで邪魔しに来たの？」

不快そうに眉根を寄せたセレナが怯えたようにそう言った。

「違います！　邪魔をしに来たわけではなく……！」

「いいから、ちょっとこっちに来なさい」

とセレナはエリーゼの背中に手を当てると、ものすごい力で、誰もいない隅の方へとエリーゼを誘導する。エリーゼも顔を隠すのはあきらめた。

そして、エリーゼを壁際に立たせて、セレナはエリーゼを隠すように前に立つ。

「早く帰って。王女様と結ばれて幸せになるアルベルトの邪魔をするのはやめて。エリーゼさんは伯爵と、アルベルトは王女と結ばれる。その方がずっといいことでしょう？」

とセレナは言う。

「ずっと、いい……？」

セレナの話を聞いて、ああ、そうなのかとエリーゼは思った。

夫人は、アルベルトに王女と婚姻してほしいと思っているのだ。

（当たり前じゃない。子爵令嬢より王族の人と結婚した方がいい。結婚とは家と家との結びつき）

夫人は確かに優しい人だった。エリーゼのことを実の娘のようとまで言ってくれた。

でも、それはただエリーゼが、子爵家の令嬢だったからなのだろう。

自分の息子が、由緒正しい貴族の娘と結婚することで、家の力を強めたいと、そういう利点を考えた上でエリーゼに優しくしていただけ。

エリーゼよりも、王族のヴィクトリア王女の方が、アルバスノット男爵家にとってはいいに決まっている。

子爵令嬢だなんて王族という栄光の前では塵に等しい。

「そうよ！　だいたいあなたはもうアルベルトにフラれた身じゃない！」

その言葉に、最後に顔を見せてもくれなかったアルベルトとの別れを思い出して、エリーゼが顔を強張らせると。

「母上、もうやめよう。もうこんなの、見ていられない……」

と、絞り出すように、いつの間にかこちらに来ていたアルバスノット男爵家の次男、カスバートが言った。

「黙りなさい！」

セレナはきっと彼を睨みつける。

「だめだ……やっぱり、こんなのは。アルベルトの様子を見ただろう？　あんなの、可哀そうだ」

カスバートはそう言うと、母親の静止を振り切って、エリーゼの前に来ると頭を下げた。

「すまない、エリーゼ嬢」

そう謝罪をこぼすアルベルトの兄の声には覚えがあった。

エリーゼが、どうしてもアルベルトに婚約破棄の真意を確かめたくて屋敷に行った時に聞いた。アルベルトの声だと思ったそれは、今目の前で頭を下げている男の声だ。

「あの時、中にいたのは……」

うわ言のようにエリーゼがそう口にすると、次男は痛ましそうに頷いた。

では、もしかして、アルベルトは……。

いや、とエリーゼは否定する。あの時いたのがアルベルトではなかったとして、しかし、最初に婚約破棄を王女から言いわたされたことは事実。王女は、アルベルトとエリーゼしか知らないことを知っていた。アルベルトが話したからだ。

　辛い戦場の中で、王女とアルベルトは支え合い、そして恋に落ちたのだ。そのはずで……。

「そんなことどうでもいいじゃない。王女とアルベルトは愛し合っているの。あなたが本当に、アルベルトを愛してくれるのなら、ここは身を引くべきところよ」

　セレナのその言葉に、エリーゼは目を見張る。そんなのずるい。そう思った。

　エリーゼがアルベルトを愛しているなら身を引くべき？　そう、そうだ。エリーゼが身を引けば、アルベルトは王族の一員。場合によっては、王位さえも……。

　普通に考えたら、彼の幸せを思うのなら、身を引くべきなのかもしれない。アルベルトが出世できるこのチャンスを潰さないように。

　笑って、もう未練なんてないと言って、アルベルトの、戦で勝利を収めた英雄の覇道をふさがないように。

　でも……。

「私は、それでもアルと一緒にいたい……アルのことを、愛しているの」

　思わずこぼれ出ていた言葉に、エリーゼ自身が遅れて気づいて目を瞬かせた。

　でもそれは、紛れもないエリーゼの本心だ。

　どんなに忘れようとしても、忘れられない。

　エリーゼは、アルベルトを愛している。

「エリー……？」

小さくはあったが、はっきりと、エリーゼを呼ぶ声が聞こえた、気がした。人がたくさん集まっている壇上から聞こえたような気がするその声は、ひどく懐かしくエリーゼの耳に響く。

ハッとして、エリーゼは顔をあげる。

招待客が集まっているその中心で、くすんだ琥珀色がひょっこりと見えた。

それはアルベルトの髪の色。癖のある琥珀色の髪が、群衆の中から頭一つ分浮き上がっている。

（アルだ……）

招待客に埋もれてしまったように感じたが、よくよく考えれば、背の高いアルベルトならば埋もれるはずがないのだ。

今まで、埋もれたように見えたのは、アルベルトが項垂れるように猫背になっていたから。

そのアルベルトが今はすっと背筋を伸ばして、あたりを見回している、ように見える。

何かを探しているようなアルベルトと、エリーゼの目が合った。

心臓がどくりと鳴った。

エリーゼと目が合ったアルベルトは、大きく目を見開き、傍から見ても分かるぐらいはっきりと身体を硬直させた。

そして、口を動かした。

それは上手く声にならなかったようでエリーゼのもとには届かなかった。だが、口の形を見る限り、エリーと、呼んだ気がした。

（違う、違う……あり得ない）

エリーゼは首を横に振る。

エリーゼは今、目の前で起こっていることが信じられなくて動けない。

しかし、アルベルトは、まっすぐ、エリーゼのいる方に向かってきている。

「エリー……！」

はっきりと声が聞こえた。昔から変わらないエリーゼを呼ぶ時に使うエリーの愛称を、八年前より少しだけ低くなった声で呼ぶ。

そして、招待客をかき分けるようにして、アルベルトがまっすぐにエリーゼのもとへ。

「アルベルト、何をしているの！　王女殿下のところに戻りなさい！」

セレナがそう言って、アルベルトを止めようと前に出る。

けれどもアルベルトはそれさえも腕で退けてエリーゼの前に立った。

「アル……」

思わず、エリーゼも彼の名を口にしていた。

アルベルトの湖面の瞳に、はっきりとエリーゼが映っている。エリーゼだけが。

「エリー」

アルベルトが、夢うつつといった様子で名を呼んだ。

いつものように両腕を広げて立っている。

もう周りの喧騒などどうでも良かった。

そのままエリーゼは彼の胸に飛び込もうと一歩踏み出して、

「アルベルト様！」

という切羽詰まったヴィクトリア王女の声に、ハッと我に返った。

アルベルトのいる場所から斜め後ろに、ヴィクトリア王女が不安そうに両手を胸の前で組んで、アルベルトを見つめている。

「アルベルト様……！　一体どうされたのですが、彼女が何か粗相を？　彼女は、ブルーベル商会の会長で、今回の結婚式の総指揮を任せたのですが」

慌てた様子で、ヴィクトリアが間に入る。

「結婚式……？　ごめん、ずっとなんだか意識が朦朧としていて……。そういえば、今まで何を……」

アルベルトはそう言うと、戸惑うように自分の両手を見下ろす。

その言葉を聞いた王女は、ショックを受けたように顔を引き攣らせた。

エリーゼも状況がまだよく呑み込めないでいると、アルベルトの母親が躍り出てきた。

「申し訳ありません、王女様。これはきっと何かの間違い。誰か！　アルベルトの体調がよくないわ！　混乱している！　控室に連れて行って！」

その声掛けに、側に控えていた王国兵士達がアルベルトを退場させようと取り囲む。

「アル……！」

混乱したままエリーゼはそう言って、アルベルトのもとへ駆け寄ろうとしたが、白い腕が阻むように目の前に。

ヴィクトリア王女だ。ここは通さないとでも言いたげに、両手を左右に広げ、今まで見たこともないような鋭い目で、エリーゼを睨みつけている。

「だまされましたわ。あなたは、あの時の……アルベルト将軍の元婚約者だったのね!?　ひどい！　私とアルベルト様の結婚式の邪魔をしようとはじめから仕組んでいたのね！」

「違います！　私はあきらめるつもりで……！　本当に二人の幸せを」

とエリーゼは弁明しようとするが、王女はエリーゼの言葉を遮るように口を開いた。

「早く！　この女を追い出して！　嫉妬で私の結婚式を壊しに来たんだわ！」

王女のその一喝に王城の兵士達が一斉に動き出した。

エリーゼは両手を後ろに回されて、床に膝をつかせられる。

「アルベルト将軍は、私のものなの！　結婚することを承諾したもの！　愛してるって！　あなたのせいだわ。あなたがいるから、将軍はおかしくなったのよ！　あなたさえいなければ……！　早くどこかに連れて行って！」

そう王女が叫んだ時だった。椅子のような何かが吹っ飛んでいくのが見えた。いや、吹っ飛んだのは椅子ではない。遅れてそれが、人、王国兵士だったとエリーゼは気づく。

そして王女の後ろに大きな影が差した。

あれは、なんだろう。そう考える間もなく、それは動いていた。

何かが飛んでくる。そう感じたエリーゼが目を閉じて顔を伏せると、打撃音と呻き声が聞こえた気がした。

その音に気を取られている間に、捕らわれていた自分の手が自由になっていることに気づく。

何が起こったのか確認しなくてはと顔をあげようとして、肩に温かいものを感じた。

「エリー、大丈夫?」

懐かしい声。いつも夢に見ていたこの優しい声色。

「アル……」

そこにいたのは、アルベルトだった。床に片膝をついて、この世で一番尊いお姫様の相手をするみたいに気遣わしげに見ている。

(やっぱりこれ、夢かも)

さっきまで、エリーゼはただの異物で、ゴミのように放り出される運命だったのに。

今は、この世界で一番安全な場所にいる。一番安らげるところに。アルベルトの隣に。

「私は、大丈夫だけど、アルは……」

そう尋ね返すと、アルベルトは何かを言いかけてから口をつぐみ、そして思い切った様子でまた口を開いた。

「僕は、もうずっと大丈夫じゃないよ」

思わぬ返答に、エリーゼは口を閉ざす。

「エリーがいないのに、大丈夫でいられるわけがない。どうして僕を置いてどこかへ行ってしまったんだ？」

アルベルトの言葉を聞いて、エリーゼはやっと分かった。

アルベルトはエリーゼを裏切っていない。八年前のままだ。

「アル、私は……」

「待って、アルベルト将軍は、わたくしのことを好きなはず、でしょう？」

エリーゼの言葉は、戸惑いがちなその声で遮られた。

狼狽(ろうばい)した様子の王女ヴィクトリアがそこに立っている。

白いドレスに縫い付けていた薔薇が崩れているからか、ひどくくたびれて見えた。

そのことに驚いたエリーゼは、改めて周りの様子が目に入って息を呑む。

床が血で汚れている。一瞬薔薇の花びらかと思ったそれは、血だ。

何故、誰の。

と問う前に気づいた。

アルベルトやエリーゼを取り囲んだ王城の兵士達が、鼻や口から血を流して床に倒れていて、アルベルトの右手も血で汚れている。けれどもそれはアルベルトの血ではない。誰かの返り血だ。

「ねえ、そうよね？　ねえ、セバス、アルベルト将軍はわたくしのことを愛しているって、そう言ってたのよね？」

　動揺した様子の王女がそう言って、後ろにいたセバスを見た。

「うーん、そうですねえ」

と、セバスはあいまいに答えて、この状況には不釣り合いな笑みを浮かべた。

そして、その話に割り入るようにアルベルトが前に出た。

戸惑う王女の目の前で、片膝をついて頭を下げる。

「王女様、大変申し訳ありません。何か、勘違いをさせてしまったかもしれませんが、王女様には王族に対する敬意以上の気持ちを抱いたことはありません」

アルベルトははっきりとそう口にした。そして、顔をあげるとまた口を開く。

「僕が、愛しているのは、今も、昔も、これからも……エリーゼ＝コーンエリスだけです」

アルベルトのその言葉で、一瞬にして婚約破棄から始まった全てが脳裏を駆け巡る。

「なんで、どうして……だって、好きって……それが嘘だなんて……」

王女は顔を引き攣らせ、一歩、二歩と、ふらつきながら後退した。

そして、視線をアルベルトからエリーゼに移す。泣きそうな顔で、王女は口を開いた。

「なんであなたなのよ！　どうしてわたくしじゃだめなの!?　わたくしは、アルベルト将軍とともにいたのよ！　あなたがのうのうと安全な場所でぬくぬく暮らしている間！　わたくしは危険な場所で、命を懸けてあの人の側にいたの！　将軍のために何もしてないくせに、どうしてそんなあなたが愛されるのよ！」

　王女の放った言葉の槍は、エリーゼの胸の奥深くに落ちてエリーゼの最も柔らかい部分に突き刺さる。

　ずっと、エリーゼ自身も思っていたことだった。

　アルベルトが危険な場所にいる。今にも命をなくしてしまいかねないのに、エリーゼは彼が危険な目にあっていても、それを察することも、守りに行くことすらもできない。

　最初に王女が来た時、『側にいて支えたのはわたくし』と言われて、納得してしまったのだ。あの時はアルベルトに限って心変わりなんてあり得ないと思いつつ、でも、王女の話も尤もだと思ってしまった。

　アルベルトが一番辛い時に側にいられなかったエリーゼが、捨てられたのは当然なのだと、そう思って……。

「違う！　エリーがいると思えたから僕は……」

　とアルベルトが何事か反論をしようとした時だった。

「伝令！　伝令！　北北東、カナン領地国境付近に、広範囲にわたって他国の軍らしき人の集団を確認!!　おそらくデルエル帝国軍！」

　突然の伝令に、場内が慌ただしくなった。

「また攻めてきたのか!?」

招待客達がそう騒ぎ立てる。

(やばい。国境にいる謎の軍隊ってたぶん……)

嫌な予感がしたエリーゼは、あたりを見回した。そして窓の外にいるサイラスを見つける。

サイラスもエリーゼの指示を待っているかのようにこちらを見ていたので、手信号を送った。窓の外のサイラスはこくりと頷くと、姿を消す。

まずはこの混乱を鎮めなくては、と思っていたところで、

「静まれ!」

と、それほど大きくはないのに、妙に人を引き付ける威厳にあふれた声が響き渡った。

ハッとして声がした方を見ると、頭上に王冠を被った白髪の男性がいた。

アステリア王国の王だ。病で体調がよくないという噂は事実なようで、先ほどまで貴賓席にてずっと座っていたが、杖をついてこちらに来ていた。

王の登場で、会場は一瞬にして静かになる。

そして王は、伝令に顔を向ける。

「デルエル帝国軍が、我が国内に進軍しているというのは真か?」

「攻めてきている様子はないようですが、すでに国境を越えているとのこと!」

伝令の返事に、王はわずかに目を見開いた。

「国境を!? 国境警備隊はどうなっている!? カナン領地には多くの兵士が配属されてい

るはずだ！」

「恐れながら国境警備隊は、本日配備されておりません！」

伝令からのその報告に、王が目を怒らせる。

「何をふざけたことを言っている！　そんなわけがあるか！」

「ですが、今日は、英雄将軍と王女様の結婚式のために、隊長格以上はもちろん、ほとんどのものが、王都に来ております……」

伝令が怯えたようにそう言うと、顔を怒らせていた王が固まった。

「……そうだ、王都のパレード。ヴィクトリア、王都にはどれだけの者を呼んだのだ……」

王は、娘に背を向けながらそう問いただした。

王女は、戸惑いがちに口を開く。

「えっと、それは、勲章持ちを全て……」

「勲章持ちを全て……だと!?　そんな、それでは」

少しでも成果を上げたものには悉く勲章を渡した。それはある程度、兵士の士気を上げることに成功したわけだが、最後の方はほとんどのものがもらうことになり、あまり意味をなさなくなった。それほど気軽に授与されたのだ。つまり。

「国境付近の警備など、もうほとんど機能していないではないか！」

落雷のような王の嘆きが響き渡る。

「何故、そのような馬鹿馬鹿しいことを！」

娘に向き直って、王は怒鳴った。父親に怒鳴られたことが初めてなのか、王女は怯えたように身体を震わせる。

「で、でも……！　お父様だってその件については了承したと、サインもいただいたわ！」

「サインだと……!?」

身に覚えがないと怒り出す王に、「こちらのことかと」と言って配下の一人らしい者が前に進み出て一枚の書類を渡した。

ちらりと渡された書類を見た王は、それを乱暴に破り捨てた。

「馬鹿者が！　わしはこのようなものを書いた覚えはない！」

王は怒りを含んだ声で吐き捨てる。

エリーゼの足元に破り捨てられたその書類の一部が舞い落ちてきたので、それを拾い上げた。

ちょうど、王のサインが書かれた部分。

（結婚式の企画書に書かれていたサインと一緒だわ……）

セバスが持ってきていた結婚式の企画書。そこにも王の承認のサインがあった。しかし、先ほどの王の反応から察するに、あれも偽物なのかもしれない。

「そんな！　だって、だって……セバスが！　そうよ！　セバス、どういうこと!?　王のサインもいただいたと持ってきたのはあなたよね!?」

と言って、王女はすがるように執事のセバスを見る。

しかしセバスは王女の切羽詰まった顔とは対照的に、不気味とも思えるような笑みを浮かべていた。

「そうですねえ。どうだったんでしょうか」

「何を言っているの!? だいたい、王都に勲章持ちの兵士を全部集めると言い出したのは、あなただわ！ アルベルト将軍がそう望んでいるからと言って……！」

と言った後に、王女はさらに顔色を青くさせると、また口を開く。

「まさか、もしかして、嘘なの……？ アルベルト将軍が、本当はわたくしのことなど愛していないのと、同じように？」

王女は身体を震わせながら、常に自分に寄り添ってきたであろう執事に疑問を投げかける。

執事は、心外だと言わんばかりに首を横に振った。

「おや、ヴィクトリア王女殿下、これまで献身的に尽くしてきたこの私をお疑いになるのですか……？」

「だって、アルベルト将軍はわたくしを愛していなかったじゃない……！」

と王女が叫ぶと、セバスの顔が笑みに崩れた。

「ふ、くくくく、あーもうだめだ。あーあ。堪えられそうにない」

先ほどまでそこにいた王女を慕う執事の姿は、どこにもなかった。

無遠慮に大きく開いた口からは、嘲笑が漏れ出ていた。

「いかにも、この！　私が！　全て仕組んだ。わがままな王女に取り入って、デルエル帝国最大の敵である化け物を腑抜けにして差し上げました。ちなみにこの！　私の特技は、他人の筆跡を真似ることです」

セバスは得意げにそう口にするので、会場が騒然とした。

(特技が、筆跡の真似？　では、結婚式の企画書に書かれた陛下のサインも、婚約破棄の書類に書かれていたアルベルトのサインも……)

彼が、偽造したサインということだ。

「あなた、敵国のスパイだったの……!?」

王女が、そう言ってセバスから離れる。

「レディ、あなたに取り入るのは簡単でした。アルベルト将軍があなたのことを好いているという嘘を吹き込むだけでしたから。……いやあ、本当は私に惚れさせるつもりだったのですがねえ。そうしていただけたら、もっと優しく陥れて差し上げたのに。男の趣味が悪い方だ。私、私のことを好きじゃない女は、嫌いなんですよ」

セバスはそう饒舌に語り続ける。彼の話を聞いている間、どんどん顔色が青ざめていく王女の姿を楽しむかのように。

「ええい、もうこやつの言うことに耳を貸すな！」

と叫んだのは王だ。そして伝令の方へと顔を向ける。

「パレードに参加している兵士達で迎え撃つ準備をする」

王がそう命じて伝令兵が立ち上がったところで、ドサリと音を立てて倒れた。城の王国兵に突然斬られたからだ。

きゃあああと、招待客からの悲鳴があがる。

華やかな結婚式が行われていたはずの広間に、武装した者達が雪崩れ込んできた。

数にして五十はくだらない。

招待客の数の方がずっと多いが、そのほとんどが非武装な上に、女性も多い。

「式場に配備した王国兵は、私が紛れ込ませたデルエル兵ですよ！　ああ楽しい！　先ほどの伝令の通り、すでにデルエル帝国の軍はこの国の中に押し入った！　国の守りを弱くした今が好機とすでに閣下にお伝え申し上げておりましたからね。ああ、閣下というのは、もちろん愚かなわがまま姫ではなく、我がデルエル帝国の将軍ですが」

デルエル兵を後ろに侍らせて、得意げにセバスはそう言った。

「お前ええええ!!」

と王女が激昂し、摑みかかろうとするも、側にいたデルエル兵に突き飛ばされる。

それが合図だった。デルエル兵は、腰から剣を引き抜いた。おそらくこの場にいる者達を全て殺すために。

（いけない……！）

エリーゼは近くにいた仮面をつけた給仕に、目を走らせる。

目が合うと彼らはみんな頷き、そして動いた。

デルエル兵の前に立ちふさがるように、ブルーベル商会の給仕兼、警備兵達が躍り出る。

ブルーベル商会の従業員は、もともと謙虚な魔女商会で、茶葉の運搬をしていた者達だ。

過酷な山岳の道を重い茶葉を背負って旅をする。時には、盗賊や獣に襲われることもあるため、多少の護衛の心得を持つ。一人一人が女性ながらに優秀な戦士だ。

「なんだ、お前達は！」

セバスがここにきて、眉をしかめた。

そしてエリーゼも前に出た。

「式の招待客に、手出しはさせない」

エリーゼがそう啖呵を切ると、商会の警備兵はそれぞれの得物を構えた。その多くは短剣や槍を構えている。その数、十五。

正直、少ない。

おそらく、セバスもそう思ったのだろう。最初こそ狼狽えたように見えたが、今は余裕の笑みが広がっている。

この結婚式に、何か思惑があることも分かっていた。本当は騒ぎにならないようにするつもりだった。しかし思惑とは関係なく、エリーゼ自身が騒ぎの中心になってしまった。

自分の至らなさを悔いるようにため息をつく。

結局のところ、エリーゼは冷静ではなかったのだ。

エリーゼは顔をあげる。でももう、これ以上の失敗はしない。

「まったく、いちいちこざかしいですねえ。……やれ」

その声を皮切りに、デルエル兵が動き出した。

襲い掛かる彼らを、ブルーベル商会の戦士達が抑える。

（ごめん、もうしばらく辛抱して！　もうすぐのはずだから！）

エリーゼがそう願った、その時だった。

「ねえ、エリーは、僕のことが怖い？」

殺伐とした雰囲気の中で、そんな声が聞こえた。

エリーゼはその声の主、アルベルトへと視線を向ける。

「……え？　怖い……？」

「僕はたくさん人を切った。傷つけた」

「アル、何を言ってるの？　だって、それは戦で……」

「でも、伯爵家に嫁いで、僕との婚約を破棄したんだろう？　僕が、エリーの好きな優しい僕じゃなくなったから」

アルベルトが、エリーゼに向かってすがるように言う。

しかし、何故、今この土壇場でそんな話を、と思いつつもエリーゼは口を開いた。

「まって、伯爵家にはまだ嫁いでいないし、そもそもあれは王女様に、というかあのセバスという男に仕組まれただけで、婚約破棄も自分から言い出したわけじゃなくて……」

と答えたエリーゼだったが、なんだが言い訳がましい自分が嫌になった。

アルベルトが欲しい答えと、エリーゼが伝えたい想いはそういうことではない。

エリーゼはアルベルトを見上げた。

こんな危機的状況でこんなの馬鹿らしいと思うのに、でも、今伝えたくてたまらなかった。

「アルと離れていた間、あなたが抱えた辛さを思うと胸が張り裂けそうだった。だって私はアルが優しい人だって知っているから。アルは優しいからこそ私達を守ろうと頑張ってくれたのを分かっているから。怖いなんて思うわけないじゃない。大好きよ。ずっとあなたの帰りを待っていたの」

優しい人だと知っていたからこそ心配だった。アルベルトの肩の荷を早く下ろしてあげたかった。もう大丈夫だよと、そう言って、抱きしめてあげたかった。

エリーゼの言葉を聞いたからか、アルベルトの瞳に徐々に光がさして……。

「何をくだらないことを伝え合っているのですか？」

アルベルトとエリーゼの間に割って入るかのように、冷淡な声が降りてくる。

いつの間にか、剣を持ったセバスがすぐ近くにいた。

「化け物将軍。本当は、薬漬けにして我が国で使ってあげようかと思ったのですが、もういいです。毎日優しく飲ませて差し上げた毒で多少体力も落ちたでしょうし、丸腰のあなたなど怖くありません。死んでください」

そう言って、エリーゼが息を呑む目の前で、セバスは剣を振り下ろした。

しかしその剣が途中でピシリと止まる。

アルベルトが振り下ろされた剣を親指と人差し指で挟む形で受け止めていた。

「な!?　動かない!?」

剣を動かそうと力を入れているのか、彼の腕はプルプルと震えているのだが、剣はぴくりとも動かない。

「ねえ、聞いた!?」

笑顔のアルベルトが、セバスに向かってそう声をかける。

嬉々とした様子のアルベルトと違って、セバスの顔には戸惑いが浮かんでいた。

何も言えないでいるセバスに、畳みかけるようにアルベルトが顔を寄せた。

「エリーが僕のこと怖くないって、大好きだって！　婚約破棄なんて、嘘だったんだ！」

アルベルトは興奮したようにそう言った。

「は、離せよ！　化け物！」

セバスは怯えた様子でそう訴えるが、アルベルトは手を緩めない。それどころか剣を横に払う。剣を握っていたセバスがそのまま横に飛んでいってしまった。

アルベルトは改めて、セバスから奪った剣の柄を握り直す。

大きなアルベルトの手で握るとその剣はとても小さく見えるなと、どこか呆然としながらエリーゼは思った。

「良かった！！！！」

剣戟の音が聞こえるこのホールで、アルベルトの爽快なほどに晴々しい大声が響いた。

エリーゼからは、アルベルトの顔は見られないのだが、おそらく笑みを浮かべているのだろうと声で分かる。

あまりの声量に、剣を打ち合っている商会の警備兵とセバスが連れてきた王国兵に扮した敵兵達の動きまで止まった。

そしてアルベルトは振り返る。

「エリー、もう少し待っていて。すぐに終わらせるから」

輝かんばかりの笑顔で、アルベルトがそう言った。

エリーゼの「あ……」とか気の抜けた返事をした頃には、もうアルベルトの姿が消えていた。

一瞬にしてあの巨体がいなくなる。そのことに驚いている間に、「うわあ」とか「うげえ」とか、人の呻く声が周辺に巻き起こる。

慌ててエリーゼが周りに目を向けると、セバスが連れ込んだ敵国の兵士達が、次々と痛みに呻きながら倒れていく。

黒い獣のような何かが広間を走り回っている、ような感じがした。しかしよくよく見てみると、エリーゼは獣と思ったそれが別のものだと気づく。

（もしかして、あれ、アル……？）

凄まじいスピードで広間の中を縦横無尽に動き回る影は、どう見てもアルベルトだった。セバスから奪った剣を振り下ろし、時には足で、時には身体ごと体当たりをして、敵を倒し回っている。

商会の警備兵も、呆気に取られていた。

剣を交えていた相手が勝手に倒れるのだ。戸惑わないわけがない。

まだ立っている敵兵の数が片手で足りるぐらいになった時、ようやく敵兵は恐怖という感情を思い出したようだった。

情けない声をあげて、逃げるべく出口へ向かう。

しかし、彼らは一人として、出口にはたどり着けなかった。

どうやったのか分からないが、アルベルトが天井から落ちてきたかのような動きで、逃げようとする敵兵を踏み倒したからだ。

そして残り二人の敵兵は、着地したアルベルトの回し蹴りで吹き飛んで、意識を失って倒れた。

驚くほどにあっという間の出来事だった。

「なんだこれは！　あり得ない！　あり得ない……！　この化け物が！　毎日毒を浴びた身体でどうしてそんなに動けるんだ！」

悔しそうにそう叫んだのは、セバスだった。

先ほど、アルベルトに吹き飛ばされた状態から意識を取り戻したらしい。

とはいえ、身体へのダメージは残っているらしく片膝をついたままだが。

セバスの叫びにアルベルトはそちらに顔を向けた。

「毒……？」

と不思議そうにアルベルトが問い返す。

セバスは毎日毒を浴びた身体と言っていた。少し前にも似たようなことを言っていたが、おそらく王城でアルベルトが暮らしている間にこっそり毒を飲ませていたのだろう。

アルベルトはしばらく、うーんと考えてから口を開く。

「毒とか薬の類は、もともと効きにくい体質だったからかもしれない」

とアルベルトは律儀に答えた。

こんな時なのに、そういえばアルベルトは毒蛇に噛まれてもケロッとしていたことがあるなぁなどとエリーゼも思い出す。

「き、効きにくい……!?　馬鹿を言うな！　効いていただろ!?　日常生活すらままならないほどに無気力になっていたじゃないか！」

セバスがなおも食らいついた。

その指摘はアルベルトとしても痛いところだったらしい。

少しばかり顔を赤らめて後頭部を片手でかいた。

「エリーに嫌われたと思って……気力がなくなっていたんだ。でも、勘違いだったみたいで、本当に良かった。……そう言えば、あなたはその時、僕の世話をしてくれてた、よね。ぼんやりだけど覚えてる。ありがとう」

どこまでも呑気で、呆れ返るほどに穏やかにアルベルトがそう言う。こうやって話していると、田舎によくいる世間知らずな若者めいているのだが、先ほどこの場を一人で制圧したのは間違いなく彼なのである。

セバスは彼の言葉に顔を引き攣らせて反論すらできずにいたが、ハッとして口を開いた。

「勝った気になるなよ！　言っておくが、もうこの国には我が国の軍隊が侵攻しているんだ！　お前らが死ぬのは、時間の問題なんだからな！」

強がるようにセバスが言う。

悔し紛れの捨て台詞のようだが、しかし彼の言っていることは尤もだ。

国内にはすでに敵国の者と思しき謎の集団がいると報告があがった。王国の兵士達は王都に集められて、国境の防備は薄い。

「おのれ……」

そう悔しそうに声をあげたのは、王だった。片手に王剣を携えているのを見るに、病状の身ながら先ほどまでは戦っていたのだろう。

「わ、わたくしの、わたくしのせいだわ……！　わたくしが、愚かで、セバスの甘言に騙されて……わたくしが」

そう悲痛な叫びをあげたのは、王の隣にいた王女ヴィクトリアだった。

純白のドレスは返り血らしきもので汚れてしまっている。手には、銀製のキャンドルスタンド。先ほどの敵国の兵士相手に、負けじとそれを振るっていたらしい。

エリーゼは立ち上がると、王女の方に身体を向ける。

「王女殿下、その点については、問題ありません」

「問題ないって、どういうこと？　そんなこと、あるわけないじゃない！」

と、エリーゼの言葉に王女は語気を荒らげた。混乱している様子の王女をなだめるようにエリーゼは頷く。

「大丈夫です。どうにかなります」

ためらいなくそう言い切ったエリーゼは、セバスに視線を向けた。セバスの顔は汗と血で汚れ、以前の面影はない。

「セバス、いいえ、あなたの本当の名前は、マイロよね？」

「……は？　いや、そんな名前は知らない」

知らないとは言うが、明らかに心当たりがある顔だった。

ポーカーフェイスが完全に崩れている。

「デルエル帝国詳報員のマイロ。上長は、デルエル帝国の過激派の大物、アーロ＝バルカス将軍」

淡々とエリーゼがその名前を紡ぐと、マイロは目を大きく見開いた。そして「あり得ない……」と小さく呟く。

「薔薇　菩提樹　黒百合、レッドゼラニウム　アネモネ」

以前見た密書の内容を思い出しながらエリーゼがそらんじると、みるみるマイロの顔色が悪くなる。

その顔色の変化を楽しみながら、エリーゼはまた口を開いた。

「王女の結婚式に復讐を。国の護りが脆くなる。解読するとそんなところかしら」

「……なんで、それを」

可哀そうなくらいに震え始めたマイロを見て、エリーゼは微笑んでみせる。

「とはいえ、会場にデルエル兵が紛れ込んでいることを把握できなかったのは、私の落度ね。帝国侵攻の混乱に乗じて、王侯貴族を亡き者にするつもりだったのかしら。大胆ね。けどだめよ、こんな乱暴な手段。失敗した時の逃げ場がない。あなたは影に徹するべきだった。アーロが失敗しても次の策をとれるように。……あなた、密偵にしては少し、目立ちたがりなんじゃない？」

エリーゼがそう教えてあげると、マイロが愕然とした。

「……は？　……アーロ将軍が、し、失敗？」

震えながら引き攣った笑いを浮かべるマイロがそうこぼすのを、エリーゼは見下ろす。

「デルエル軍は攻め入ってきていないわ」

「そ、そんなはずはない。さっきも伝令が、国内に謎の集団がいると言っていた」

「そうだけど、あれは……」

エリーゼが話そうとした時、広間の扉が開いた。

「大変、お待たせいたしました。リーゼ様」

扉を開いてそう言ったのは、サイラスだ。

最初の伝令が来た時に、サイラスに仕事を一つお願いしていた。

その時のエリーゼの指示通り、サイラスは男を一人連れてきてくれている。サイラスが連れてきた縄で縛られた男を見て、エリーゼは安堵した。

何故ならこの男こそ。

「アーロ＝バルカス将軍！」

目玉をひん剝いて、掠れた声で彼の名を呼んだのはマイロだ。

サイラスが、縛られた男を乱暴に引っ張って、王の前に転がした。

「うん、間違いない。僕も見たことある。いつも隊の後ろの方にいるデルエル帝国の将軍だ。あまりにも後ろにいるからなかなか届かなくて」

そう説明したのはアルベルトだ。いくつもの戦場を駆け抜けた彼が言うのだから、間違いない。またもや会場が騒然とする。

誰もが注目する中、サイラスが頭を下げた。

「大変申し訳ありませんでした。先ほどの伝令は誤りであると確認が取れました。国内にいた集団は、商会が雇った傭兵団です。他国の軍隊ではありません」

「なんだと……!?　商会の傭兵……!?」

王はそう驚きの声を響かせた。

そしておもむろに、侵攻したのだと告げたマイロを見下ろす。

マイロは、口をあんぐりと開けて、アーロ＝バルカスを見て固まっていた。青白かった顔色は、今はもう死人のような土気色になっている。

マイロにとってもこの事態は予想外のことだったのだろう。

王は訝しげに眉根を寄せて、その近くにいたエリーゼに視線を向けた。

「これは、どういうことなのか聞かせてくれるか」

王がそう言った。

この場で、おそらく一番事情を知っているのがエリーゼだと判断したのだ。

エリーゼは恭しく膝をつき、頭を垂れる。

「恐れながら、結婚式の打ち合わせの段階で国周辺の防備に不安を感じましたので、勝手ながら人手を集めて国境付近の警備に当てておりました。とはいえ、数が数ですので国内だけでなく、他国、デルエル帝国からも人員を採用しておりまして……」

と言うと、王は目を見開いた。

「は？　デルエル帝国の者も雇ったのか!?」

「はい。厳正に面接を行い、雇いました。デルエル帝国の民達の多くは度重なる戦争で貧しておりますす。生活をするためにも仕事が必要なのです」

「だが、しかし、少し前まで敵国だった者を……」

と、王は疑わしげにこぼす。

「恐れながら、国の法律上、商会がどのようなものを雇うのかは商会の責任であり、陛下でらっしゃろうと口出しはできないものかと思われます」

エリーゼのその言葉に、返答に窮したらしい王は口を閉ざした。

それを認めて改めてエリーゼは口を開く。

「ですが、少し前まで敵国の民だった者を雇うことに、不安を抱くお気持ちは理解しております。デルエル帝国からの求職者の中にも、それを懸念している者が多くいました。おそらくそれ故なのでしょう。デルエル帝国からの求職者の代表が、面接の際に彼を連れてきたのです」

と言って、エリーゼはサイラスが連れてきた縛られた男を手で示した。

「デルエル帝国の求職者達が、彼を差し出すことで自分達に裏はないと証明いたしました」

とエリーゼが続ける。

縛られた男、アーロ＝バルカスは憔悴しきった顔で、その場にへたり込んでいる。もう何も言う気力がないといったところなのだろう。

「待て……！　こんなの、おかしい！　おかしいじゃないか……！」

悲痛な声が響く。マイロだ。

身体をがくがくと震わせながらアーロを見ていたマイロだったが、血走った目でエリーゼを見上げた。

「お前が、なんで……！　こんなことができる！　嘘だ、嘘に決まってる！　他国から人を雇う？　国境全域に傭兵を置けるだけの力があるわけない！　ただの新興商会の商人のくせに！」

悔しそうにマイロが吠えた。

まあ、そう思われるのも仕方がないか、などと思って流そうとしたエリーゼだったが、この発言を流せない人物が一人いた。

「はあ？　ただの商人ですって？　それは聞き捨てならないわね」

不快そうな女性の声がホールに響く。

見れば入り口付近に、腕を組んで見下すようにしてマイロを睨みつけるオリヴィアがいた。サイラスとともにオリヴィアも来ていたらしい。

いつもの余裕のある笑みを浮かべたオリヴィアは、カツカツとハイヒールを鳴らしてエリーゼ達がいる場所へと向かう。

「お前は、謙虚な魔女商会の……」

自分の前を通り過ぎるオリヴィアを見て、ハッとしたような顔でマイロが言う。

オリヴィアの登場でまたその場が騒がしくなった。

オリヴィアは、謙虚な魔女商会の大物として名と顔が王国内どころか周辺諸国にも知られている。

そして謙虚な魔女商会のオリヴィアは、貴族といえども、無礼な態度を取ることができないほどに強い影響力を持つ商人だ。それが、今荒れ果てた広間を颯爽と歩き、エリーゼの前で、跪いた。

「このたびの不手際、大変申し訳ありません。最初の伝令の報告は、私が止めるべきでございました」

恭しく、オリヴィアがそう言った。

彼女の陳謝にその場が静まり返った。貴族や王族といえども、安易に逆らえない存在であるはずのオリヴィアが、かしこまっている。しかも相手は、まだ年若い新興商会の商人。

「いや、それはオリヴィアさんのせいではないけれど……」

とエリーゼは言いつつ、オリヴィアをどうにかして立たせようとする。が、一向にオリヴィアは動かない。

今、エリーゼは間違いなく悪目立ちしている。嫌な予感に背中に汗がにじみはじめた。

「いいえ、部下であるこの私の失態で、影の魔女王様を危険に晒してしまいました。今頭を下げないで、いつ下げるというのです!?」

とオリヴィアは盛大に嘆いてみせると、呆然とするばかりだった王が口を開いた。

「オリヴィア殿、今、彼女のことをなんと呼んだのだ……？　まさか……」

王のその言葉を待ってましたとばかりにオリヴィアは素早く立ち上がる。

「そう、このお方こそ、我ら商会の魔女達を束ねる謙虚な魔女商会の創始者にして、絶対的支配者であられる、影の魔女王様でございますわ！」

ドーンと銅鑼でも鳴りそうな勢いで、オリヴィアが高らかにエリーゼを紹介した。

なんとなんとと会場中が騒然とする。

（オリヴィアさん、わざわざこんな目立つ形で言い出さなくても……！）

エリーゼはくらりと倒れてしまいそうになった。

どちらにしろ今回の騒動の説明のために、エリーゼの素性を明かさなくてならないのだろうとは思っていた。だがこんな大々的に、エリーゼが謙虚な魔女商会を興した商会長だったと披露する予定はなかったのに。

エリーゼは思わずため息をつく。

確かに謙虚な魔女商会を興したのは、エリーゼだ。

戦争が始まってすぐ、エリーゼは兄に借金をしてホロ付きの馬車を購入し、その馬車を走らせて行商を行うことにした。

地道に稼いでいたが、行商の途中で仕事を欲する女性達とよく遭遇した。

稼ぎ頭であった夫や息子が戦争に行ってしまったことで生活に窮し、生活費を稼ぐために女性達が働きに出ざるを得なくなっていた時期だった。

仕事を求める女性達と出会うたびに、エリーゼは全てを雇った。そして彼女達を雇うために、商会をもっと大きくする必要にかられ、謙虚な魔女商会を立ち上げた。

そして気づけば謙虚な魔女商会は、エリーゼが驚くほどに大きな商会になった。

「あの、違います。もうオリヴィアさんに全て託しているので、私はもう会長ではありませんので……！」

と、エリーゼが口にする。しかし……。

「あの謎多き謙虚な魔女商会を束ねる会長があんなに年若いとは！」

「ただものではないと思っていましたのよ！」

などの会場にいる人達の声でエリーゼの主張はかき消される。

声がよく通るオリヴィアに比べたら、エリーゼはそうではない。

自然と人を魅了するオリヴィアの才能と職人としてのセンスの良さを見込んで、謙虚な魔女商会の次の会長に任命したし、これまでもオリヴィアのその才能に助けられてきた。

しかし、今になってみるとその才能が憎らしい。

そんなことを思っていると、エリーゼの前に跪いていたオリヴィアは立ち上がって、マイロのもとへと向かう。呆然とするマイロは、座り込んで「嘘だ、嘘だ……こんな地味な女が……！　何かの間違いだ！」などと繰り返し言ってエリーゼを睨んでいる。

そのマイロの頭をオリヴィアはハイヒールで踏んだ。マイロは無理やり頭を下げるような体勢になる。

「愚かなマイロ、頭が高くてよ。これでお分かりかしら？　謙虚な魔女商会の会長でいらっしゃる影の魔女王様に、できないことがあるとでも？」

と、オリヴィアは今まで見たことがないほどにイキイキした顔で言い放った。

ここまできたらもう止められない。エリーゼは傍観者に徹することにする。

マイロの口からくぐもった悔し泣きの声が響き渡った。


騒然とした結婚式は、中止となった。中断ではなく、中止。

アルベルトと王女の結婚自体がなくなったのだ。これらの全てが他国のスパイの策略だったと明らかになったのだから、当然の措置だった。

招待客を帰らせて、エリーゼ達は広間の隣にある部屋へと場所を移された。

それほど大きくない部屋に、エリーゼ、アルベルト、オリヴィア。王国側は王と王妃、娘のヴィクトリア王女。そしてどこかで見たことがある高位貴族と数人の護衛騎士達。

わざわざ場所を移してまでなんの話だろうかと思っていたエリーゼだったが、王の次の一言でその理由が分かった。

「このたびは、我が娘が大変なことをしてしまった」

そう言って、王と王妃が頭を下げたのだ。

一国の王が、商人であるエリーゼに、だ。頭を下げるつもりだったからこそ、他の者達の目がない場所に移ったのだろう。

流石にこれにはエリーゼも慌てた。

「いえ、お顔をあげてください。陛下がそのようなこと……」

と言うも、王は顔をあげない。

それどころか、王の隣で王が頭を下げたことに驚いていたヴィクトリアに向かって、鋭い視線を向けた。

「馬鹿者が！　お前も頭を下げんか！」

と、王は怒鳴る。怒鳴られたヴィクトリアは、肩を震わせてから慌ててエリーゼに頭を下げた。

「ご、ごめんなさい」

そう言って、肌の色が真っ白になるほどに両手を強く握るヴィクトリアが、痛々しい。

思わず大丈夫だと言いたくて前に出ようとしたエリーゼだったが、片手を引っ張られて上手く動けなかった。

アルベルトだ。アルベルトは、先ほどからずっとエリーゼの手を握っている。もう放したくないとでも言うように。

「エリー、君は優しすぎるよ」

少しだけ不満そうに、アルベルトが言う。

よくよく考えたら、王女の行動で迷惑をこうむったのはエリーゼだけではない。アルベルトもだ。しかもアルベルトに至っては、毒も盛られている。

「アルベルト将軍も、本当に、ごめんなさい」

そう、ゆっくりと顔をあげたヴィクトリアが目に涙を溜めながら言う。

汗と涙で化粧が取れたからなのか、すごく幼く見えた。エリーゼは改めて、彼女はまだ十代の少女なのだと、思い出した。

「わたくし、本当は、分かっていたのです。アルベルト様のご様子がおかしいことに。ずっと心ここに在らずなご様子で……。けれどセバスが……いいえ、マイロが、将軍は私のことを好いていると……。それだって嘘かもしれないと何度も思いながらも、嘘だと思いたくなくて……彼の言葉に溺れてしまった。全ては私の心の弱さが招いたことです」

そう言って、大変申し訳ありませんでしたとまた頭を下げた。

王も王妃もそのまま頭を下げ続けている。

エリーゼはフーッと息を吐き出すと、隣のアルベルトを見上げた。

「ごめん、アル。アルは許せないかもしれないけど、私はもう許したい」

エリーゼがそう言うと、頑なな表情で王達を見ていたアルベルトの顔がエリーゼの方を向いて、微笑んだ。

「いいよ。エリーがそう決めたのなら」

昔から変わらない少しのんびりした口調のアルベルトに、エリーゼはありがとうという意味で微笑みを返すと、再び王達を見た。

「あの、本当に楽にしてください。なんだか、居心地が悪くて……」

と苦笑しながら言うと、王と王妃はゆっくりと顔をあげた。

「娘の暴走を止められずに、本当に申し訳ない。余は、敗戦確実と言われた戦に勝利したことで自惚れてしまっていたのだろう。油断と驕りがあった。娘と戦勝の将軍が結ばれると聞いて娘同様に舞い上がってもいた。愚かだった。……余は近々王位を王太子に譲ることにする」

「え？　王位を？」

話が大きくなってきた気がして、エリーゼは震え上がる。

「この通り、病を得てから歩くことさえままならない。潮時だろう。戦も終わった。新しい世代に託そうと思う」

エリーゼは、ごくりと唾を飲み込む。エリーゼは王の決意を止められる立場ではない。

そしてエリーゼが横を向いた時に、ヴィクトリアの姿が目に入って思わず目を見開いた。

ヴィクトリアはまだ頭を下げたままだったからだ。だからエリーゼは王女のもとへ向かった。

「ヴィクトリア王女殿下、お顔をあげてください」

そう言うとヴィクトリアは恐る恐るといった表情で顔をあげる。

「王女様のこと、今まで、その、憎く思ったことなどない、と言ったらそれは嘘かもしれませんが、でも、嫌いだと思ったことはありません」

「けれど、わたくしは、自分の愚かさで、わたくしは国を危険にさらして……いえ、それだけではなくて、わたくしは、リーゼ、エリーゼ様にひどいことばかりしてきたのに」

というので、エリーゼは目を丸くした。

「ひどいこと？」

「だって、将軍に相応しくない、とか。将軍が大変な時に、ぬくぬく、していた、とか。違いましたのに。あなたは謙虚な魔女商会の会長。戦争を止めたのは、かの商会の力もあってのことで、何もしていなかったわけではありませんでしたのに……！」

と言って、今にも泣きそうに眉を寄せた。

王女にそう言われた時のことを思い出して、エリーゼは苦笑する。

「確かにあれは応えました」

だが、それはきっとその通りだと思う心があったからだと、エリーゼは思う。

エリーゼはそう認めてから、口を開く。

「でも、アルの側にいてくださったことについては感謝している部分もあるのです。アルが生きて帰ってきてくれたのは、彼を気にかけてくださる人達が側にいてくださったからだと思うので」

優しいアルベルトにとって、戦争はきっととても辛く悲しいことだったはずだから。

エリーゼの言葉に、ヴィクトリアは完全に虚を衝かれたような顔で目を見開く。そして泣き出し始める子供のようにくしゃりと顔を歪めた。

「……っ！　わたくしは、なんで……！　どうしてあなたのような方を捨て置けたのでしょう。かないっこ、ありませんのに！」

王女は言葉を詰まらせながら、濡れた声でそうこぼす。大きな目から大粒の涙がぽろぽろとこぼれていく。とても幼く見えて、でもと、エリーゼは考え直した。

(そうだった。彼女はまだ十代)

幼く見えて当然だ。人に恋をして、そのことに夢中になってしまった。恋が原因でなくても、失敗は誰にでもある。経験のない若いうちなら、なおさら。

悪いのは、彼女のその純粋さに付け込んだずる賢い大人だ。

「あら、本当に影の魔女王様は甘ちゃんだこと！　言っておきますけど、私は許せませんわ！」

と話に割って入ってきたのは、王の前だというのに腕を組んでふんぞりかえっているオリヴィアだ。

「影の魔女王様がどれほど素晴らしいお方か、皆さん何も分かってらっしゃらない！　もしよろしければ私が彼女とどのように出会って、謙虚な魔女商会が名を轟かすに至ったのか語って差し上げましょうか!?」

「いや、語らなくていいと思うけど」

とテンション高く言うオリヴィアにエリーゼは呆れてそう言うが。

「あの、ぜひ、お聞かせくださいませ！」

と、目じりの涙を指で拭ったヴィクトリアが目を輝かせた。

しかも王も王妃もうんうんと頷いている。

エリーゼはなんだか頭が痛くなってきた。

「僕もちょっと気になるな」

と隣で言うのはアルベルトだ。

みんなの視線がオリヴィアに集まったのを悟った彼女は、口を開く。

「もともと私は小さな服飾品工房を細々と営んでおりました。しかし戦争が始まり、うちの工房が売りにしていた華美なドレスや布製品は、自粛ムードの中、全く売れなくなったのです……。もうあとは職人達とともに首を括るしかない。そう思った時、救いの手を差し伸べてくださったのが、影の魔女王様だったのです……！」

とオリヴィア劇場が始まる。

ここでエリーゼが何か言っても、おそらく誰も聞いてくれまい。人々の視線は、全てオリヴィアに注がれていた。

「影の魔女王様は、うちの工房で作られた製品をいたく気に入り、店にあるものを全て買い取ってくださったのです！　しかもその後も作ってほしいと、今後の契約まで……ああ、まるで女神！」

オリヴィアは舞台女優さながらに今までのことを語り始める。

エリーゼは呆れつつも、オリヴィアの話に乗せられて昔のことを思い出した。

オリヴィアの工房の製品は繊細でいて華やか。一目で気に入った。それにこの時、エリーゼは、普段使いの製品ではなく、どちらかといえば芸術品のようなものを求めていたのだ。

茶葉の交易を始めるために。

行商の際に、偶然新たな販路を見つけた。東の大きな国だ。そこには、香り高い飲み物、茶という文化があった。それを一口飲んで、これはイケると思った。

どんな製品との交換で茶葉を手に入れようかと迷っている時に、オリヴィアが手掛ける芸術とも言える装飾品を見たのだ。

借金をして買い取った。リスクはあったが、十分なリターンは得られると思って、山を越えて東の国へ。

無事にオリヴィアの手掛ける製品は大量の茶葉と交換できた。

そしてエリーゼの目論見通り、茶葉は一気にアステリア王国に浸透した。もちろん、全てが順風満帆だったわけではない。エリーゼは駆け出しの商人だ。商人としては先輩にあたるオリヴィアに色々と教えてもらい、これまでに出会った仲間に支えてもらいながら運よくここまでやってきたのだ。

「戦時中は生活に窮する女性達が多くなります。それを見た影の魔女王様は、困っている人は全員雇おうと言って全てを抱え込んだのです！　影の魔女王様の懐の深さがお分かりになりますか？」

オリヴィアの話は終わらない。茶葉交易の話が終わるや否やまた違う話が始まった。

オリヴィアの話に乗せられて、王も王妃もすごいすごいなどと素直に称賛するので、エリーゼはなんだかどんどん居た堪れなくなってくる。

穴があったら入りたい。

そう思っていると……。

「エリー、一緒に逃げる？」

先ほどまでオリヴィアの話を楽しそうに聞いていた風だったアルベルトが、そう声をかけてきた。

ここにいる人達はみんなオリヴィアに夢中なので、誰もエリーゼのことを気にかけていないと思っていたが、アルベルトが気づいてくれたようだ。

「逃げるっていっても……どうやって？」

エリーゼも小声でそう尋ねる。

部屋の出口の扉のあたりでオリヴィアが話をしているのでこっそり出て行くこともできそうにない。外扉からバルコニーには出られるが、ここは城の三階。逃げ場がない。

エリーゼが不安そうな顔をしていると、アルベルトがいたずらな笑みを浮かべた。

「こうする」

と言って、エリーゼを抱き上げる。

えっと声をあげたところで、アルベルトは走り出した。バルコニーに向かって。

あっという間に部屋を出たアルベルトは、手すりの縁に器用に飛び乗った。

「ちょ、ま……！」

待って、と言おうとしたが、言葉は続かなかった。

アルベルトが、エリーゼをお姫様抱っこしながら飛び降りたからだ。

ものすごい風圧と重力を感じて、アルベルトにしがみついた。

地面に着く衝撃にも備えていたが、着地の瞬間は思いの外軽い。

意を決して目を開ければ、青空が見えた。いつもよりも近い。

そう感じたのは、アルベルトが城の近くにある木に飛び移ったからだと、地面が遠いのを見てエリーゼは悟った。

首をひねって、肩越しに城を見る。部屋の中にいるオリヴィア達が、目を見開いてこちらを見ていた。

それもそのはず、突然、バルコニーから飛び降りたら驚くに違いない。

アルベルトはこれからどうするつもりなのかと思ったら、またガクンと身体が揺れた。

アルベルトが走り出したのだ。枝から枝へ、大きな木を伝って、しまいには城の周りを囲うお堀さえも越えて民家の屋根の上を走り出した。

「ちょっと、アル……！　どこ行くの！」

「分からない。でもどこかに行きたいんだ、エリーと」

実に楽しげな声でアルベルトがそう返す。

少年のようなそのアルベルトの姿に、エリーゼは思わず噴き出した。

(変わってない……アルだ)

エリーゼの好きな、アルベルトだ。

アルベルトが王女と婚約して、エリーゼに説明もせずに婚約破棄するなんてこと、あり得ない。アルベルトはそんな人ではない。そんなことを今更ながらに思う。

アルベルトはずっと走り続けて、大きな木の枝の上でようやく立ち止まった。

あっという間に王都の中心地を抜けてしまった。

「見て、エリー。王都ってすごいね。なんか派手だ。旗がいっぱい飾ってある」

大きな木の上から、王都の町並みを見下ろす。

アルベルトの言う通り、王都の中心地は旗やらで派手な飾り付けがされている。

しかしこの飾り付けは、アルベルトと王女の結婚式のためのものだ。

それを知らずに当の本人がそんなことを言うので、エリーゼは妙なおかしさを感じてくすくすと笑う。

そしてしばらくして、エリーゼは意を決して口を開いた。

「アル、ごめん。私、信じてあげられなかった……」

キラキラした目で王都を眺めるアルベルトを見ながら、エリーゼはそう口にした。

誰に何を言われようと、エリーゼがアルベルトの気持ちを信じていればこんなことにはならなかった。

アルベルトははじかれたようにエリーゼの方に顔を向ける。

何かを言おうと口を開けたり閉じたりを繰り返したアルベルトだったが、意を決したように言う。

「それを言うのなら、僕もそうだ。ごめん、エリー」

素直な謝罪に、エリーゼはふふと微笑む。

ああ、アルベルトだ。ここにいるのは、エリーゼがずっと愛していたアルベルト。そう思った。アルベルトが帰ってきたのだ。

「アル、無事に帰ってきてくれてありがとう。おかえりなさい」

アルベルトがエリーゼのもとに帰ってきた時に、言おうと思っていた言葉。

戦争の時の八年間、ずっと夢に見た。アルベルトが帰ってくるこの瞬間を。

夢の中のエリーゼは、いつも月並みのことしか言えなくて、実際に帰ってきたらもっと洒落たことでも言おうと思っていたのに、やっぱり口にしたのはそんな言葉。

アルベルトは驚いたように少し目を見開き、そしてすぐに、くしゃりと少年のような笑みを浮かべる。

「ただいま、エリー」

あの時のブルーベルの約束を今度こそ。

エリーゼが目を瞑って顔を寄せると、アルベルトの温もりが唇に優しく触れた。

エピローグ

国を揺るがす大事件が起こったヴィクトリア王女の結婚式から、約一か月ほど。

晴れの日に、ブルーベル商会が抱えるブルーベル宮殿ではささやかな婚礼パーティーが行われていた。

青紫の花の飾り物で彩られた広間の中心にいるのは、花嫁のエリーゼとその花婿のアルベルトだ。

エリーゼの身を包むのは、裾に行くほどに鮮やかな青紫色に染まっていくベルラインの白いドレス。肩のあたりはふっくらと広がって、胸元の露出は控えめ。何よりもふんだんにレースを用いたこのドレスは、エリーゼがずっと前から着たいと夢見ていたもの。

白いレースの手袋をつけたエリーゼの手は、隣にいるアルベルトの腕に絡められている。

アルベルトは白いシャツに青紫色のベストと、同じ色のフロックコートを重ねていた。コートの袖などに金糸で細やかな刺繍が施されているが、それはエリーゼが手ずから刺したもの。

ずっとずっと、思い描いてきた夢が、今まさにここにあった。

「おめでとう、エリーゼ」

婚礼パーティーの挨拶などを終えて歓談の時間になると、兄のコンベルがエリーゼのもとにやってきて、そう声をかけてくれた。

「お兄様もお忙しいのに来てくれてありがとう」

兄と会うのは久しぶりだった。コンベルは多くを語らないが、瞳に安堵の色を浮かべている。

兄と別れた時はアルベルトに捨てられたと思っていたので、大いに心配させてしまったはずだ。穏やかに笑い合える今が嬉しい。

するとコンベルはすっと視線を横に移した。アルベルトの方だ。

少し複雑そうな表情を浮かべたコンベルだったが、すぐに笑みを作って口を開く。

「アルベルトも……あの時は誤解をしていたとはいえ、すまないことをした」

コンベルがそんなことを言うので、エリーゼは思わず目を見開いた。

「え？　何かあったの？」

エリーゼの問いに、アルベルトが困ったように頭の後ろをかいた。

「あー、エリーが別の人と結婚すると聞いて、すぐにコーンエリス子爵邸に行ったのだけど、追い返されてしまって」

とエリーゼに説明した後、アルベルトはコンベルに視線を戻す。

「でも、それは仕方がないことだと思っていますし、エリーを思うが故なのも理解できます。全然、僕は気にしていません。僕が怒っているのは……」

と言ってから、アルベルトは、今度は会場の端の方に視線を向けた。

そこにいるのは、アルベルトの母親であるセレナと、次男のカスバートだ。

会場の端にある椅子に項垂れるように座っていた二人は、アルベルトの視線を感じてびくりと身体を震わせた。

エリーゼが、アルベルトの気持ちを誤解した原因の一つである二人だ。

少し前、例の出来事のことを聞いたアルベルトが、激怒。アルベルトは父親と長兄の三人がかりであの二人を叱り飛ばしたらしい。それから二人は、しゅんと項垂れて過ごしているとかいないとか。

正直なことを言えば、エリーゼはあまり気にしてなかった。自分の家族が王族と結婚するかもしれないと思うと欲が出てしまう気持ちも分かる。アルベルトのように、そういうものに頓着しないのが稀なのだから。

とはいえ、アルベルトが怒る気持ちも分かるし、このことについては口を出さないようにしている。

「ああ、あの二人か」

とコンベルも呆れたようにセレナとカスバートを見てから、改めてアルベルトに視線を向けた。

「しかし、アルベルト、君も誤解を招くことを言っただろう？　ほら、国一番の美姫を手に入れて何が悪いとか、なんとか」

コンベルが淡々とした口調でそう言うと、アルベルトが首をひねる。エリーゼも話が見えなくて横から口を挟んだ。

「何？　その話、初めて聞くかも」

「アルベルトが家に来た時、国一番の美姫を手に入れて満足かと嫌みを言ったのだが、その時、アルベルトはそれの何が悪いと開き直っていてな……」

エリーゼは話を聞いて、眉根を寄せた。

国一番の美姫と言われて、思い浮かべるのはヴィクトリア王女だ。

アルベルトを見ると、アルベルト自身も何が何だか分からない、という顔をしていた。

「え？　どうしてそれが誤解に？　だって、僕が戦争に参加したのもそのためですし」

「は？　そのため？　王女殿下のために戦争に参加したのか？」

わけが分からないという顔をするアルベルトに、同じくわけが分からないという顔をしたコンベルがそう言うと、アルベルトが驚きに目を見開いた。

「いえ、王女殿下は関係ありませんよ。どうしてここに王女殿下の話が？　僕はずっとエリーの話をしているのですが」

アルベルトのそのセリフに、今度はコンベルとエリーゼが目を見開く。そしてアルベルトが言ったことの意味を理解したエリーゼは顔を真っ赤に染め、コンベルは逆に噴き出すように笑いだした。

「ははは、そうか。そういうことだったか。そうだな。確かにお前はそういう男だった。国一番の美姫と言ったら、うちのエリーゼに決まってる！」

笑いを噛み殺しながら、コンベルがアルベルトの肩をバンバンと叩く。

「？　はい！」

コンベルが何に笑っているのか、アルベルトは分かってなさそうだが元気に返事をしていた。

エリーゼは恥ずかしさを堪えきれず顔を両手で覆って隠す。

「？　エリー、どうしたの？　顔が赤いけど」

「……っ！　な、なんでもない！」

国一番の美姫と言ったらほとんどの人がヴィクトリア王女を思い浮かべるのよ！　と、言いたくなったが、そうなるとアルベルトから『エリー以外考えられないよ』というような言葉が返ってくるのは目に見えている。エリーゼが賢明にも堪えたところで、

「あら、楽しそう。私も仲間に入れてくれないかしら？」

色っぽい声が割って入った。

顔をあげると、オリヴィアがいた。いつも通りの艶めかしくてタイトなドレスに身を包んでいる。

「オリヴィアさん、来てくれてありがとう。忙しいのに」

「あなた達二人のためだもの、当然よ。それで、こちらの素敵な殿方はどなたかしら？」

と言ってオリヴィアが兄のコンベルを見た。コンベルは視線に気づくと軽く頭を下げる。

「エリーゼの兄、コーンエリス子爵のコンベルだ。君のことはエリーゼから聞いている。

良くしてもらったようだ。感謝する」

　コンベルはそう言って淡々と会話を交わすと、適当なところですっと去っていった。

　オリヴィアに遠慮したのだろう。

「あらぁ、いい男じゃなぁい」

　今にも舌なめずりしそうな様子でコンベルを見送ったオリヴィアだったが、すぐに真面目な顔をしてエリーゼを見た。

「そう言えば、リーゼ、あの話聞いた？」

　あの話がどの話か分からなかったので、エリーゼは首を横に振る。

「あのマイロとかいうスパイ野郎。アルベルト将軍が書いた手紙も将軍へ宛てた手紙も全部奪っていたみたいなのよ。つまりね、リーゼと将軍の手紙の内容なんて全部筒抜け。贈り物だって全部獲られていたってわけ」

　オリヴィアは鼻息荒くそう語る。

　オリヴィアの話を聞いたエリーゼは、アルベルトに贈ったブルーベルのハンカチを思い出しながら口を開く。

「ああ、やっぱりそうだったんだ。戦の五年目あたりから私からの手紙をアルは受け取ってないというし、アルもほぼ毎日手紙を送っていたらしいのに、私のもとには一通も届いてないし、おかしいと思っていたのよね」

　そう言って、アルベルトに目配せすると彼も頷いた。

最近聞いたのだが、アルベルトは戦時中、エリーゼからの返信がこない中でも、ほぼ毎日送り続けていたらしい。

「ああ、となると私が刺繡したブルーベルのハンカチを王女様が持っていたのは」

「マイロが横取りして、王女に嘘をついて渡したってところね」

とオリヴィアが続けてから、エリーゼにだけ聞こえるように顔を寄せる。

「でも、アルベルト将軍一人を無力化させるために、そこまでするなんて、デルエル帝国って暇よねえ」

「オリヴィアさんはアルの強さ、見てないから……正直、デルエル帝国に同情した」

結婚式場で、絶体絶命のピンチだったあの状況を一人でひっくり返したアルベルトを思い出した。

これがアルベルト将軍、と思わず息を吞んだ。

正直なところ、アステリア王国とデルエル帝国の戦争が始まった時、国民の誰もが負け戦だと思った。

それほどデルエル帝国は強大で、他の国にも侵攻を続ける帝国には勢いがあった。

アステリア王国のような小さな国、すぐに潰れる。そう思っていたのに、思いの外耐え忍び、八年も続いて、最終的には勝利を収めた。快挙である。その歴史に残る戦を制したのは、アルベルトのおかげだ。

アルベルトが、個として強すぎた。アルベルトが一人いるだけで、敵国の一軍団を崩してしまう。

だからこそアルベルトを恐れてスパイを寄こしたのだろう。それがマイロだ。王女の懐に上手く潜り込み、アルベルトの近くまで来て、食事に毒を忍ばせたこともあったらしいが、アルベルトに毒は効かず。

肝を冷やしたはずだ。マイロの気持ちが今になってしみじみと分かる。

まあ、分かるからといって許せるような問題ではないが。

マイロとアーロ将軍の身柄はまだ王城の中で囲われている。

「エリー、新しい飲み物をもらったよ」

オリヴィアと話し込んでいると、アルベルトがそう言ってグラスを渡してきた。

いつの間にか手元のグラスが空になっている。

「ありがとう、アル」

そう言ってエリーゼが受け取ると、オリヴィアがにやにやと笑った。

「やるわねリーゼ。最強の男を早速尻に敷いているじゃない」

「べ、別に敷いているわけでは……」

「ふふ、もう、照れなくていいの。……でも本当に、良かった。あなたが幸せそうで」

ふと真面目な顔をしてオリヴィアが言うから、エリーゼは思わず涙ぐみそうになった。

「やだ、そんな改まってどうしたの？」

「だって、ずっと話を聞いてたから、思うところがあるのよ」

とオリヴィアは言った後、改めて口を開く。

「それで、いつから一緒に住むの？」

「あ、そのことなのだけど……実は、まだ正式に結婚できなくて、一緒に住むのはそれからになるかなって」

「え？　どういうこと？」

「王女様が取り決めた私と伯爵家の嫡男との婚約がまだ生きているみたいで、その婚約を破棄しないとアルベルトと結婚ができないのよ」

「あー、確かにあったわね。そんなこと」

とオリヴィアが納得したように頷いた。しかしすぐに不思議そうに口を開く。

「でもそれなら、さっさとその伯爵家に行って破棄してもらえばいいじゃない」

「それが、そのグレイ伯爵家の嫡男と連絡を取ろうとしているのだけど、全然捕まらなくて。もともと放浪癖がある人みたい」

エリーゼの実家であるコーンエリス子爵家の名前で、何度か婚約破棄のために動いているが、本人が捕まらないためにどうしようもない。

重婚は法律違反だ。婚約者がいる状態での別の人との結婚も禁じられている。

エリーゼがそう嘆いた時だった。

「リーゼ会長、アルベルト様。このたびはご結婚おめでとうございます」

神妙な顔をしたサイラスが、そう声をかけてきてくれた。

「ありがとう、サイラス……」

と答えつつも、エリーゼは戸惑った。サイラスの様子がいつもと違う。どこか緊張しているように見えた。

すると、エリーゼの隣にいるアルベルトが、「あれ、あなたは……」と反応を示した。

そういえば、顔を合わせるのは初めてかもしれない。

「アル、彼はサイラス。ブルーベル商会で副会長をしてもらっているの。サイラスは、アルのことはもう知っているわよね」

「ええ、もちろん、存じ上げています」

と答えるサイラスの表情がにこりとも笑っていなくて、エリーゼは眉根を寄せる。しかもその厳しい眼差しの先にいるのはアルベルトだ。アルベルトもアルベルトで、サイラスを見て驚いているように見える。

「あれ、二人って実はもうどこかで会った？」

率直な疑問を口にすると、サイラスがええと言って頷くと、頭を下げた。

「アルベルト将軍、先日は、大変申し訳ございませんでした」

深々と頭を下げながら、サイラスはそう言った。

「やっぱり、あなたは、あの時の、銀髪の人……？」

驚愕の眼差しをサイラスに向けてアルベルトが言うと、サイラスは頭を下げたままわずかに頷いた。

アルベルトもサイラスもその場で固まって、意味が分からないのはエリーゼ一人だ。

「何？　どういうこと？　何かあったの？」

エリーゼがそう問いただすと、サイラスはゆっくりと顔をあげた。

「実は、私は、私欲のために、彼を」

「ちょっと待って！」

サイラスが何事かを言う前に、何故かアルベルトが遮った。

「どうしたの、アル」

「いや、なんとなくだけど、この先の言葉をエリーに聞かせない方が良い気がして……」

自分でも何故止めたのか分からない。そんな表情でアルベルトが言葉を紡ぐ。

「……このことを言えば、私は会長に嫌われるでしょう。それを恐れて今まで打ち明けずにいたこの臆病な私に、将軍閣下は慈悲をかけてくださると？」

サイラスが何故か不服そうに言うと、アルベルトは慌てたように首を横に振った。

「いや、慈悲、とかじゃなくて」

「ではなんなのです？　私のことなどなんとも思っていないからそんなふうに優しくふるまえるのでしょう。私にとってあなたはどうしようもなく邪魔な存在でしたが、あなたにとって私はそうではない」

「いや、本当に違う、違います！　むしろ逆、というか……！　あの出来事が知られることで、あなたのことを、エリーが意識しだしそうっていうか、良くない感じになりそうというか……！」

　とアルベルトはしどろもどろでそう答える。

　エリーゼはますます混乱してきた。

　しかし、何の話か一向に分からないエリーゼとは反対に、オリヴィアが面白そうに口を開く。

「あら将軍、あなた、勘がいいわね。何があったか分かっていないけど、大体分かったわ。あなたの見立て、正しいと思う」

　とにやにや笑いながらオリヴィアが言うと、サイラスも続いた。

「ですが、このまま知らぬ顔はできません。私は私欲のために、あなたを陥れようと……」

「あ、だからちょっと！　それ以上は！」

　サイラスの言葉に、アルベルトがすがるようにそう言った。

「ちょっと待って。分かってないの、私だけ？」

　エリーゼは眉根を寄せる。

「エリーはこのままでいいと思う。素晴らしいと思う」

　取り繕うようにアルベルトが言う。しかし解せない。

「まあまあ、落ち着いて。サイラスも将軍の意を汲んであげて。だって可哀そうなのよ？　この二人、まだ正式に結婚できないのですって」

オリヴィアがそう言うと、サイラスが目を見開いた。

「そうだったのですか？　どうして……」

とサイラスがエリーゼを見て言うので、エリーゼは口を開いた。

「ほら、私、王女の口利きで、伯爵家の嫡男と婚約したことになってたでしょ？　あれを破棄しなくちゃいけないみたいなのだけど、本人を捕まえられなくて」

説明をすると、サイラスが目をパチパチと瞬かせる。

そして、申し訳なさそうに眉尻を下げると口を開いた。

「ああ、そういえばそうでしたね。申し訳ありませんでした。……今すぐ破棄の手続きをしておきます」

なんでもないようにサイラスが言った。

なんだか簡単に破棄できるような口ぶりに、エリーゼは首を傾げて口を開く。

「えっと、どういうこと？　もしかして知り合いなの？」

「ああ、はい。私が本人です」

サイラスはいつも通りのしれっとした顔でそう言った。

「え？　もしかして、その放浪癖のある伯爵家の嫡男がサイラス、ということ？」

「ええ、その通りです。戦争が始まった時、私も戦に身を投じる予定だったのですが、跡取りを失うことを恐れた父が、金を払って私の知らぬところで戦役の免除を申し入れてしまいまして。我が家はもともと騎士の家系。常日頃、国のために戦うことこそ美徳と教えられてきたというのに、いざとなったら臆した父に反発して家を出ております」

「マ、マジで言っているの？」

開いた口が塞がらないエリーゼの代わりにオリヴィアがそう言うと、サイラスは頷いた。

「ええ、マジで言っています」

「いや、確かに、どこかの貴族なのだろうなとは、立ち居振る舞いでなんとなく察してはいたけれど……私との婚約の話が出た時に言えばよかったのに」

エリーゼがそう言うと、サイラスが虚を衝かれたような顔をして、しばらくしてから苦笑した。

「確かに、そうですね。言えばよかったかもしれません。ですが、私は……怖くなってしまったのです。それを伝えて拒まれでもしたら、もう私の気持ちの置き所がありませんから」

「え？　どういうこと？」

彼の言わんとしていることがよく分からなかったエリーゼはそう尋ねるが、サイラスは曖昧な微笑をこぼすだけで、何も言わなかった。

「将軍、サイラスは本当にいい男よ。気をつけなさい」

警戒するアルベルトに、オリヴィアがそんなことを言う。

アルベルトは重々しく頷いた。

なんだかよく分かっていないのが自分だけのような気がして、アルベルトに問いただそうと、「ねえ、アル」とエリーゼが名を呼ぶとアルベルトが振り返る。

「どうしたの、エリー？」

笑顔で、本当に嬉しそうにエリーゼの名を呼ぶアルベルト。これからエリーゼに問いただされるとは微塵も思ってなさそうな、能天気な顔。

その顔を見たらなんだかエリーゼは気が抜けて、噴き出すように笑ってしまった。

「なんか、本当、アルって、いつまでもアルね」

自分でも何を言っているのかよく分からない。けれど、そんな言葉が漏れる。

思いの外笑いが止まらなくて、口元に手を添えた。

その手の薬指にはめられたブルーベルの花の形を象ったタンザナイトの結婚指輪が、きらりと光る。

次の春もきっと彼は側にいてくれるだろう。また二人でブルーベルの花畑を見たい。そう思える幸せに、エリーゼは感謝を捧げた。

本書は書き下ろしです。

子爵令嬢エリーゼの婚約

～幼馴染で婚約者の英雄様に捨てられたので商人になります～

唐澤和希

2025年2月5日初版発行

発行者……加藤裕樹
発行所……株式会社ポプラ社
〒141-8210 東京都品川区西五反田3-5-8
JR目黒MARCビル12階

フォーマットデザイン 荻窪裕司(design clopper)
組版・校閲 株式会社鷗来堂
印刷・製本 中央精版印刷株式会社

落丁・乱丁本はお取り替えいたします。
ホームページ(www.poplar.co.jp)のお問い合わせ一覧よりご連絡ください。

ポプラ文庫ピュアフル

ホームページ www.poplar.co.jp

N.D.C.913/252p/15cm
ISBN978-4-591-18520-9
P8111394